HAPPY SAILOR
YUSUKE KIMURA

* * * * * * * * * *

幸福な水夫

木村友祐

* * * * * * * * * *

未來社

* * * * * * * * * *

幸福な水夫

木村友祐

* * * * * * * * * *

未來社

* * *

幸福な水夫

装幀　佐藤亜沙美
装画　榎本マリコ

目次

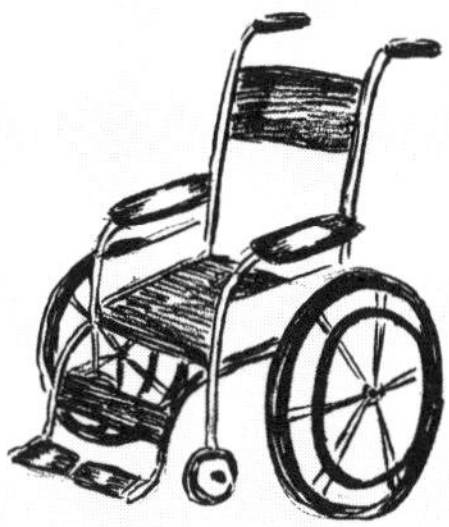

幸福な水夫

ぽったりとふくらみのある腹を見せて、まだ目の開かない黒助がゆずるの太ももの上で仰向けになっている。嫌がっているのか鳴きながら体を反転させようとするのを、ゆずるは力を入れすぎないように片手でつかんでまた仰向かせる。そうやって、少し眉をしかめた真剣な表情で尾の付け根をのぞき込み、ぬるま湯で湿らせたティッシュペーパーで仔猫の小さな肛門を軽くトントンと叩いていた。もう二日、便が出ていなかった。

廊下の向こうから「おーう、ゆずる。行ぐびゃ」と兄の守男《もりお》の声がして、床をドシドシ踏み鳴らす足音が近づいた。部屋の引き戸が開き、

「まだが《（か）》。親父《おやんず》が早ぐってよ」

すでに不機嫌な声で言う。

「ん、今行ぐ」

脚を伸ばして座った体勢のまま、顔を上げずに答えると、部屋の中に入ってきた守男が上からのぞき込み、かあーっ、と変な声を上げた。

「めごいなぁ」短く刈り込んだ髪を明るい茶色に染めた男が、急に相好を崩す。

「ちゃっこい金玉！」

そう言いながら、桃色の肉球を上にしてピンと突っ張った黒助の足先を、指で軽く弾いた。込み上げる温かい感情が外にあふれるように、シシシ、と笑いがもれる。

「ネズミおんたな」

「んだ」ゆずるも笑ってうなずく。黒助は頭から尻尾の先まで濃い灰色だった。

「何やってっきゃ。しょんべんさせでんのが？」

「いや、ウンコ。つまってんのが気持ぢ悪《わり》ぃみたいで、鳴ぎ止まなくて」

「猫《ねご》のくせに便秘ってが」

「猫用のミルクでも、人工のミルクは便秘になるごどもあるってよ」

「ほ、んだのが。——出そうが？」

「いや……、ダメっぽいな」

ため息をついて、肛門の上の尿道口に一滴しみだした尿をふきとった。少し前に哺乳瓶でミルクを飲ませたのに、黒助はもうゆずるの指の腹を一心に吸っている。腹がつまっているせいで好きなだけ飲めなかったのか。指を押さえる前足から、小さいながら鋭くのびた爪が出たり入ったりしていた。

「お、ハア《もう》行がねぇば。親父が、早ぐ早ぐってうるせぇんだよ。たまんねぇじゃあ」

朝から疲れた声をだす守男に、ゆずるはウェーブのとれかかった髪をかき上げ、聞いた。

「連れでっていいど、黒助」

「何、猫ば《を》が？」

守男は鋭さを感じさせるキツネ目をちょっと見開き、

「親父が騒がねぇど」と苦笑した。

和郎《かずお》はすでに車の助手席に乗り込んでいた。外出用の紺色の帽子をかぶり、準備万端整った、というふうである。和郎の日常生活における必需品となった車椅子は荷台に積んであった。そばに立った妻の鶴子に、「水、入れだが？」となかばイライラしながら舌足らずな口調で聞く。それまでにも、道中口に入れるつまみは入れたか、ジャンパーは入れたか、糖尿病と脳梗塞の薬は入れたかと、五回くらいは確認していた。鶴子はそのたびに「入れだ」「大丈夫だ」と笑って答えていた。まだ朝の九時すぎだった。

守男とゆずるがそれぞれ一泊用の荷物をつめたバッグを持って家の外に出ると、和郎は苦々しげに笑い「いや、おっそい」と言った。その小馬鹿にした様子が、四十五歳の守男にも、三十九歳のゆずるにも癇にさわったが、二人とも何も言わなかった。今晩泊まる旅館のチェックインは午後三時で、今から行けば余裕すぎるほどだから、なぜ和郎がこれほどまでに急がせるのか、鶴子をふくめ、家族のだれにもわからなかった。ただ「急がなければならない」ということだけに和郎がとりつかれている、そんなふうに皆は受けとめていた。これも脳梗塞による後遺症の一つだと。

　ゆずるが後部座席に乗り込むと、小さいキャリーバッグに入れた黒助がまた鳴きだした。和郎はすかさず反応し、

「なぁに、猫、連れでぐってが？　バガっこぁい、やめろ」

と大声を上げた。かつては地元のカラオケ大会で優勝したこともある伸びのある声は、今ではガラガラと耳障りなものになっていた。喉をしっかり開けて発音しないのと、もともと高い声が痰がからんだように震えるためだった。理不尽なほどの怒りようとその声に、なるべく怒るまいと思っていたゆずるも、

「いがべな猫の一匹《いっぴぎ》ぐらい。いぢいぢ騒ぐなよ」

つい声を荒げてしまった。すると、守男に比べて感情を表にだすことの少ないゆずるが怒ったからか、あるいは反論するには舌が追いつかないからか、

「いいやハッ。いがんど《（お前ら）》は、なぁんも、親の言うごど聞がねぇ」

悔しそうにつぶやくだけで、それ以上何も言わなかった。ゆずるはバッグに手を入れて黒助に指を吸わせながら、後味の悪さを感じていた。

脳梗塞で倒れる前の和郎は、この人は生まれた直後から喋っていたのではないかとゆずるが思うほど、思考と言葉が直結していた。思ったことがほぼ同時に口から出る。それも皮肉な物の見方を遠慮なく口にするため、身近にいる家族が迷惑をこうむることが多かった。しかし、三年前の脳梗塞は、右半身の自由とともに、「自在に話す」という和郎が一番得意だったことを取り上げてしまったのだった。

守男とゆずるの祖母、フエも手押し車で体を支えて見送りに出てきた。八十八歳となる、鶴子の母だ。和郎のいる助手席側の窓越しに、運転席に座った守男に向かって心配そうに何か話しかけようとすると、

「いいでば《いらない》、いいでば。なぁにまだ《また》、こったらどぎに、やがましい」

左手をふってさえぎりながら和郎が声を張り上げ、守男に向かって「行げ、行げ、いいがら、早ぐ出せ」と言った。フエはあきらめたように首をふって身を引

いた。

車がようやく道路に出ると、ゆずるは思わずため息をついた。案の定の滑りだしだ。あんまり予想通りすぎて、もしかすればほんとうにしんどい旅行になるかもしれないと思うと、なんともいえず重たい気分になってしまうのだった。すると、

「あっ、カメラ。カメラ、積んでながべ」

いかにも深刻な事態だというように和郎が騒ぎだし、「そったらの、どうでもいがべなっ《（いぃだろ）》」という守男の怒声とともに、車はまた彼らの家のほうにUターンするのだった。

兄弟二人が、七十三歳の父を連れて、車で約三時間ほどの下北郡にある温泉旅館に行く。

特別仲のいい親子というわけでもなく、むしろ逆なのに、一体なぜそんなことになったのか。それは、二か月ほど前の朝の食卓で、和郎が突然「ハワイに行

く」と言いだしたことがはじまりだった。

「お父《と》ちゃん、ハ、ハワイさ行ぐど。のんびりど、観光してくる」

居合わせた家族のだれもが、和郎の言葉を冗談だと思って聞いていた。「何喋ってっきゃ、朝っぱらがら」と守男が飯を食いながら鼻で笑って相手にせず、和郎の隣りで必要なときは食事の介助をする鶴子も「まさが。その体で行げるってが」とほがらかに笑った。しかし、だれも本気にしないのが癪にさわったのか、はじめは笑っていた和郎もだんだん不機嫌になり、最後には声を張り上げて、

「お父ちゃんが、ハワイさ行ぐのが、そったらに、おがしいが？　なぁにが無理なもんが、おらは、まだまだ行げるど」

頑なに、絶対行くと決めてしまった。

ゆずるはふだんは東京で暮らしているため、その場にいなかった。あとで守男から話を聞き、おそらく和郎は、製麺の組合でグアムやハワイ、韓国など、あちこち海外旅行をしていた働き盛りのころを思いだしたのだろうと思った。日がな一日、車椅子に座ってテレビを観ているかベッドで寝ているだけの今の自分と、

過去の自分との落差に気づき、今だって決して落ちぶれてはいないという思いにいきなりとらわれたのだろう、と。

旅行会社に相談して、車椅子で行動できるようこまかく設定してもらえば、割高になるだろうが不可能ではないだろう、というのが、守男ら家族のその後の見解だった。和郎のわがままとはいえ、もしかすればこれが最後の海外旅行かもしれないのだから、なるべくなら行かせてやりたいとも家族らは考えていた。

しかし、実際問題として、和郎を海外に連れて行ける者がだれもいなかった。六十八歳となる鶴子は、家で和郎の世話をするので精一杯である。守男や妻の町子は、いくら旅費をだすと言われても、人を手足代わりに使うことに遠慮のない和郎と一緒に旅行したいとは思わなかった。また、体の不自由に抗って行く海外旅行で、和郎が疲れてまた倒れるのではないかということも家族は心配した。和郎が脳梗塞を起こしたのは、過労が引き金になった可能性が濃厚だったからだ。

日にちをかけて、鶴子から、守男から、そしてもとは看護師だった町子からも、ハワイ行きを思いとどまるよう説得が繰り返された。はじめは頑固に突っぱねていた和郎だったが、そのうち自分でもさすがに海外は体力的にキツイと悟ったのか、だったら代わりに「松浪旅館」という、下北郡にある温泉旅館に行く、と、ようやく行き先を変更したのだった。なぜハワイからいきなり車で行ける旅館に譲歩したのかは、本人からとくに説明はなかった。

予定では、近所に住む和郎の友人がドライバー兼介護者を務めてくれることになっていたが、その友人が急に親戚の葬式に出なくてはならなくなった。鶴子も運転はできるが、趣味の日本舞踊で最近痛めた膝が治らず、旅行はできない。そこで守男が駆りだされたのだが、和郎と守男は、親子とは思えないほど性格も考え方も合わなかった。合わないうえに、家業の製粉・製麺業以外にもサーフィンをやったり、仲間と自主映画を撮ったりと、奔放に自分のやりたいことをやる守男のことを和郎は日頃から腹立たしく思っており、守男としても、自分がやることを一切認めず家業のことばかりに縛りつけようとする和郎に根強い反発を抱いていた。

和郎とすれば、守男に運転してもらわなければ車を動かせないから仕方ないとして、旅行に同行することを守男が承諾したのは異例のことだった。おそらく、今行かないでまたあとから途方もないことを言いだされたら困ると考えたのではないか、とゆずるは思う。そんな一泊旅行にゆずるも加わったのは、たまたま二日前に黒助を連れて帰省していて、ひとりで和郎の面倒をみる自信のない守男から一緒に来てくれと頼まれたからだった。

三人と一匹を乗せたホンダの白いCR–Vは、太平洋沿いに続く県道一九号を北上した。

右手に松林がしばらく続いたと思うと、和郎たちが住んでいる集落と似た民家や商店が並ぶ区域になる。瓦屋根をのせたどこか御殿風の家が点在していて、それはゆずるが子どものころによく建てられた家のスタイルだった。合間に、曲線や凹凸の少ない新しめの家も並んでいたが、そのスタイルさえもはや一昔前の流行のようにゆずるには思える。

一川目《ひとかわめ》という地区で国道三三八号に入る。海沿いに延々と続くこの国道は、恐山《おそれざん》のあるむつ市を通過して、斧の形をした下北半島の刃の部分を通り、本州最北端である大間崎まで続いていた。旅館のある下北郡風間浦村のそばまで行くには、この道をとにかくひたすら進めばよかった。

国道に入ると急に道が狭くなる。両側からグッと民家に挟まれたような感じになり、ゆずるは「奥の細道だ」と思った。しかし、国道なのにこの狭さはなんなのか。政治家の力が弱いからか、この県に対する国の扱いなのか。垣根に点々と赤くついた実は、ゆずるたちが「オンコ」と呼んでいるイチイの実だった。学校からの帰り道に食べた、溶けるようなやわらかさと甘い味を口の中に思いだす。すぐそばにあるはずの海はなかなか姿を見せなかった。

車が順調に動いてしまうと、三人には話題がなかった。

守男とゆずるだけだったら、映画好きの守男と、東京で暮らしながら小説を書いているゆずるとで、話が途切れない楽しい道中になっただろうが、間に和郎を置いてその話に没頭するわけにもいかない。

なんともいえない淀んだ時間と空気をゆずるは持て余すが、和郎はさっきから、体をぐうっと前に倒して、テレビやラジオを操作するパネルのボタンを押していた。ボタンの説明は英語で表示されていたため使い方はわからないらしく、かといって目的のボタンはどれかと守男に聞くわけでもなく、ただただ納得がいかないというふうにあちこち押して試していた。そのたびにラジオのＡＭになり、ＦＭになり、テレビになり、沖縄のバンドのＣＤがかかり、またＡＭになり、ＦＭになり、ＣＤがかかれば止めて、テレビにした。無秩序に切り替わる音のせいで、ゆずるは早くも車に酔いそうになった。守男が横から手を伸ばして別のボタンを押すとカセットテープがかかり、ズズズズ〜ン、ズンズンズ〜ン、と突然鳴りだした雄々しいリズムに、ようやく和郎は屈めた体を背もたれにもどした。以前、和郎がこの車を使ったときに聴いた北島三郎のカセットテープがそのまま入っていたのだ。演歌なんか聴きたくなかったが、もうどうでもいいとゆずるはあきらめている。

少し落ちつくと、和郎は今度は車内をくまなく点検しだした。ダッシュボードを開け、丸まったティッシュペーパーや爪楊枝を取りだして足元のゴミ箱に捨てたり、ドアの内側についたポケットに乱雑に入っていた地図を抜きだし、片手で広げてから折り目を伸ばし、きれいにたたんで戻したりする。そのたびごとに、「いや、こったらもの……」「なぁしてこう……」と不満げなつぶやきがもれる。

この車を普段使うのは守男だった。つまり、和郎の行動は守男へのあてつけみたいなもので、運転している隣りでそれをやられる守男も不快感とイライラが募っていく。

「何、何よ。お父《と》ちゃん、どうしたいのよ」

横目で和郎の動きを見ながら声をかける。その声の調子に、守男もできるだけ怒らないように努めているのがゆずるにもわかる。

「いいがら。勝手にいぢいぢさわんなよ、落ぢづがねぇ」

なかばあきらめたように言うと、直後に、

「いいやっ」

守男の苛立った声がほとばしった。和郎は、ダッシュボードの上に置いてあった、守男がガチャポンで手に入れた「人造人間キカイダー」のミニフィギュアを断りなくゴミ箱に捨てたのだった。

「なぁしてそれなげる《（捨てる）》っきゃ。それなげればわがねぇ《（だめだ）》、戻せじゃ。勝手などどすなよっ」

「なぁに、そったに、声荒げで。こったらオモチャさ《（に）》」

「オモチャでもなんでも、おらが大事にしてんだよ、一方的《てぎ》に捨てんなよ」

和郎はカッ、とせせら笑い、「いい年して、ガギみった」と言いながら体を折り曲げてゴミ箱からフィギュアを取りだし、ダッシュボードの上に戻した。

「ほにほにほにぃ、親父《おやんず》ぁ手ぇかがる」

うんざりしきった声で守男が声を上げる。と、ゆずるが口を挟んだ。

「お父ちゃんさっきがら、ボゲ老人みったな」

「何？」和郎が大声でうしろに聞き返す。

「だぁれが、ボゲ老人だって？」

うっすらと帯のように雲がたなびく、秋晴れの空が広がっていた。

車は三沢市を走っていた。左に曲がれば三沢空港方面である。三沢空港は「三沢基地」とも呼ばれていて、日本で唯一、在日米軍、航空自衛隊、民間航空の三者が使用している飛行場だった。左手の窓の外には、植えたばかりのような背の低い木がまばらに生えた、広大な原っぱが続いている。今の日本にだれの所有物でもない土地があるわけがないから、この土地は一体だれの所有で、なんのためにあるのだろうとゆずるが思い、

「この原っぱって、なんだべ」

そうつぶやくと、和郎がピタピタと舌の音を立てながら言った。

「このあだりば、飛行機が飛ぶべ？　だがら、この辺一帯の住民が、集落《しゅうらぐ》ごど、退去させられだの」

「退去……。退去させられだ人だぢは、どうなったのよ」

「別《べづ》の場所さ、前よりも、立派な家建でで、住んでら」

へえー、と、はじめて聞く話に感心してゆずるが外を見ていると、その原っぱと歩道の境に、白い錆びた看板が間隔をおいて立てられているのに気がついた。看板には「仙台防衛施設局　管理用地」と書かれていた。

バッグの底に敷いたタオルの上で、黒助はゆずるにさすられながら丸くなって眠っていた。時折、四肢の先をふるるっと小刻みに震わせる。ほんとうにネズミのような見た目と小ささだ。指の腹にふれる、生後まだ十日ほどの仔猫のやわらかな体と毛の感触が心地いい。黒助は、産み捨てられたのか、一匹だけヘソの緒がついた状態で鳴いていたのを、妻の典子が会社のそばで拾ってきたのだった。

「ゆずる、お前」

和郎が聞いてきた。「ん?」と聞き返すが、和郎は左の人さし指で宙に何かを描くようにして、言葉につまっている。言いたい言葉がぷっつり浮かばなくなるのも脳梗塞の後遺症だとゆずるも理解しているが、それでもなぜか和郎の姿に苛立ちをおぼえ、

「何よ。早ぐ言えじゃ」

思わず強い調子でうながしていた。

「仕事《しごと》」

「えっ?」

「仕事、見つかったのが?」

すぐに返答ができなかった。

「まだだ」

「ん?」

「まだ、決まんねぇ」

答えながら、ゆずるは自分が今、卑屈な笑いを浮かべていると思う。なぜ、身内に対してさえ恥ずかしいという感情が湧くのか不思議だった。

「何、そったらに今、厳しいのが」

守男が同情をこめた口調で聞いてきた。ゆずるはそれを助け船のように感じた。

「まぁ、厳しいな。八十社応募して、面接《めんせつ》行げだの五《いづ》っつだげだおん」

「何、八十社も。それでたった五っつってが? ふんでぇ《ひでえ》なそりゃ」

「たった」という言葉がゆずるの胸に軽く刺さった。「たった」。それがそのまま、自分の価値のなさを表しているように思われた。

「せば、お前、どうやって、生活《せいかづ》してんだ」和郎が聞く。

「嫁さ、食わせでもらってんのが」

「まぁそうだけど、おらの貯金がらも出してら」

「大丈夫だどして《（なのかそれで）》。典子さんは、納得《なっとぐ》、してんのが」

「納得っていうが、仕方《しがだ》ねがべな。決まんねんだおん」

思わずここで、帰省の理由を言ってしまおうかとゆずるは思った。だが、勢いにのれなかった。

「まんず、ハァ、情げねぇな」

「ほっといでくれ」

仕事につけないということ。人の価値はそれだけではないと頭ではわかっていても、郵便で「今回は採用を見送らせていただきます」という通知をもらうたびに、胸の奥にある「自分」という輪郭が、少しずつ欠けてこぼれ落ちていく気がした。正社員での採用は、学校を出てからまじめに会社員として働いてきた人間にしか許されないんだよ、あなたにはその資格はない、もう手遅れだ、と宣告されているようだった。車のスピーカーからは、相変わらず、迷いのない日本男児の気概とロマンを歌い上げるサブちゃんの歌声が響いている。

　小川原湖とつながった高瀬川を越え、上北郡六ヶ所村に入った。白っぽい土の畑が右手に広がっている。小学生と思われる、水色のヘルメットをかぶって青い運動着を着た子どもが自転車を立ちこぎしていた。前方の道路脇をトラクターがゆっくり走っている。幅の広い荷台に、葉を落とした大根を高くきっちり満載していた。守男が対向車がないことを確認してそれを追い越すと、

「おお。危ねぇじゃあ」

　いきなり驚いた声をだした。ゆずるが前を見ると、手押し車を押した老婆が、車道まで身を乗りだして横断しようとしているところだった。九十度に背の曲がった老婆は、睨《ね》めつけるような目をこちらに向けていた。

「婆《ば》さま、おっかねぇでゃ。いづ飛びだしてくるがわがんねぇ」

　まるで野生動物か何かについて言う口ぶりで守男が言った。

「これより、むつ小川原開発区域」

　そう書かれた看板を見かけたあたりから、緑が多くなってきた。だが、木々が

多いのに、灰色の地に白字で原子力施設関連の案内が書かれた標識が時々現れて、通常とはちがう科学・工業エリアの雰囲気をかもしだしている。標識の左下には飾りで黄色の短いラインが入っていて、おしゃれですらある。

　雑木や松林に覆われた空き地が目立ってきた。民家も見当たらず、むやみに広い林がしばらく続いているが、いちいちどこかの会社名が入った「立ち入り禁止」の看板が立てられている。ゆずるはまた不思議に思い、「守男」と声をかけた。

「この土地《とぢ》って、なんがさ《（何かに）》使うのが」

「さぁ……、どうだべなぁ」

「原発の施設、これがらどんどん造《つぐ》るつもりだべが」

「うーん。お父ちゃんわがるど」

「うん？　……こりゃあ」

　そう言って、和郎は左の人さし指の第二関節で窓をコツコツ叩いたが、ゆずるが辛抱強く待っても続きの説明はでてこない。和郎の回答を待つのはやめて、守男に話しかけた。

「それともあれが？　でっかい放射能漏れが起ごったどぎに備えで、土地を確保《かぐほ》してるどが？」

「まぁ、あるがもしんねぇな」

守男が自信なさげに応え、和郎はまだ人さし指で窓にふれたまま、むぅと息をもらした。つまり、この広大な土地が何に使われるのか、三人ともまったく知らないのだった。

両脇を山の木立に挟まれた道が続いた。道路がよく整備されて広いせいか、全体的にガランとして清潔な印象である。高い松の幹にからみついた蔓植物が、赤とオレンジ色に紅葉していた。ゆるやかに上下する道の勾配にしたがって進んでいると、和郎が言った。

「ほら、ゆずる。風車だ」

指差された方を見ると、前方の木々の上に、風力発電用の大きな風車が二つ頭をだしていた。すっきりと白い風車の羽根は、どちらもゆっくりと、しかし一定の速度で回っていた。ゆずるは思わず「おお」と声をもらす。決して珍しいものではないはずだが、その大きさと、山の景色にそぐわない近未来的な姿に、いきなり映画の世界にでも入り込んだ感覚に陥る。そのまま車が風車の方向に向かって進むと大きな沼を渡る道にさしかかり、今度は沼からせり上がった左手の丘の上で、もっとたくさんの風車が並んで一斉に羽根を回している光景が視界に飛び込んできた。どこからかやって来た白い巨人が集結して大きな腕をぐるぐる振り回しているような、壮観な眺めだった。

海は見えないが、松林があるので常に海の近くにいる気持ちにさせられる。と、ふいに右手の林がとぎれ、青々した海と白い砂浜が見えた。それからは時折海が現れるようになった。そのうち車はまた山の中に入り、カーブが多い上り坂を走っていたが、だいぶ上ったと思われたころ、木立を透かして眼下一面に海が広がった。白い灯台が見え、その下に黒く荒々しい岩が点在するのも見えた。

「おお、こりゃいい眺めだごど」守男が声を上げた。

地形のくぼみを利用してつくられたらしい小さな漁港のあたりで、ようやく縦に長い上北郡の六ヶ所村を抜けて、下北郡の東通村《ひがしどおりむら》に入った。なぜ、地図であれば上の方にあるのに下北郡なのか。それもやはり、〝中央〟である東京に近い方を〝上〟、外れるほど〝下〟とする物差しに由来するのだろうか。そんなことがふと気になっているうちに、道は唐突に、車が二台すれちがうのも厳しい狭くて古い道になっていた。「奥の極細道だ」とゆずるは思った。だがこれも同じ国道三三八号なのだった。

同じ国道なのに、街がかわるとこれほど圧倒的に様子がちがうものなのかと驚く。それでもいつしか、さっきまで通ってきた六ヶ所村と同じような、潤沢な資金が投下されたとおぼしき綺麗に舗装された道路に変わっていた。道路の両側には目隠しなのか、景観を考慮してか、小さな松が植えられたりしている。そして、道脇の電信柱には、原子力発電所のPR館の案内が頻繁に現れるようになった。

和郎がトイレに行きたいというので、身障者用のトイレがどこにあるかを把握している和郎の指示で、そのPR館に立ち寄った。駐車場に停めた車のうしろから守男が車椅子を下ろし、助手席に近づける。いかにも慣れていない者のぎこちなさで、ドアを開けて待っていた和郎に「もっと寄せろ」と言われ、さらに近づけた。和郎は左足を外のアスファルトに下ろし、左手でドアにつかまって体を支えながら、体を反転させて車椅子にドサリと腰掛けた。和郎は脳梗塞で右半身麻痺になる二年前に、右脚の膝から下を交通事故で失っていた。

ＰＲ館はクリーム色をした円錐形で、「ペレトゥビレッジ」と名づけられていた。子どもが遊べるように滑り台やライドマシンを置いた部屋や、百人収容できる多目的シアターもあるようだ。

和郎の車椅子を押してゆずると守男が玄関ホールに入っていくと、いきなり頭上から「ようこそ、ペレトゥビレッジへ！」と甲高い子どもの声が降ってきた。ゆずるが驚いて見上げると、頭からたくさんの枝葉を生やしたペレトゥが、天井に浮かんでこちらにニッコリ笑いかけているのだった。

「はじめまして！　ぼくの名前はペレトゥ。森の妖精だよ。これからぼくが、エネルギーと豊かな自然が調和した、この村の魅力をいっぱい紹介するね！　はじめに、ぼくのペレトゥという名前はね、原子力発電の燃料になる小さな燃料『ペレット』の名前をもじって、ぼくのおじいさんが名付けてくれたんだ。原子力発電は、小さな燃料で大きな電力を作れるんだって、おじいさんが教えてくれたよ。しかも、温暖化の原因とされる二酸化炭素を出さないから、とってもクリーンで、安全で、環境にやさしいんだって。だからペレトゥも、こんなに元気に暮らしていられるんだよ！」

丸顔に丸い体のペレトゥは、ホログラムというのか、いやにリアルな立体画像だった。一体どれだけカネをかけているのだろう。東京でも見たことのない映像に、ゆずるは思わず見入ってしまう。

フロアは小綺麗で広々としていて、子ども連れの家族が何組か訪れていた。制服を着た若い受付の女に、和郎が、

「ちょっと、トイレ、使わせでください」

家族には見せない笑顔で言うと、顔の前で自分の付け爪を眺めていた女は目を見開き、黙ってうなずいた。

身障者用のトイレの前で、「でぎるど」とゆずるが守男に聞くと、

「まぁ、大丈夫だべ。便器さ移《うづ》せば自分ででぎるって、お母《か》ちゃん言ってだすけ」

笑って答えたので、

「そうが。んだら、おらは車で、黒助さミルクやってるがら」

守男に和郎をまかせて、車に戻った。

後部座席のドアを開けると、気配に気づいたのか黒助が頭をふって起きだし、ミヨン、と鳴いた。この「ヨン」と語尾を上げるようにして鳴くのが、たまらなくかわいい。ゆずるは「おお、ごめんごめん」と赤ん坊に声をかけるようにして黒助をバッグから出し、ほわほわと毛の生えた頭に頬ずりする。ポットに入れてきたお湯をボウルに注ぎ、そこに猫用のミルクの入った哺乳瓶を沈めて温めている間に、黒助の体を仰向かせ、ティッシュで尿道口をトントンと刺激して尿をさせた。はじめは朝露のように一滴ずつしみだす尿は、あるとき流れるように出る。便は出ないかとお湯で湿らせたティッシュで肛門をふいてみるが、残りの尿がしみだすだけだった。

どうしたらいいかわからない。心配を抱えたまま哺乳瓶の吸い口を口元に近づけると、目の開かない黒助はあわてたように前足を哺乳瓶にのばし、首をふってミルクを求めた。あんまりあわてて頭を動かすせいで、吸い口が右に左に折れ曲がって、なかなか口に入らない。鳴いた瞬間にうまく口の中におさまると、舌できつく吸い口を押さえ、一心に吸いだした。吸うリズムに合わせて耳がヒク、ヒクとうしろに動く。黒助の飲みっぷりにゆずるはひとまず安心する。

　守男と和郎が戻ってきた。和郎はすぐに車には乗らず、守男に命じて大ぶりで旧式の一眼レフを取りださせた。そして、ＰＲ館をレンズにおさめるのにちょうどいいポイントを探して守男に車椅子を押させていた。ゆずるからすれば、それははじめて見る、珍しいというよりもむしろシュールな光景だった。

「何、このあだりが。いがべ、こったもんで」

「もっと、うしろだ」

「いいやっ。どんだのよ《（どうなのよ）》っ」

　悪態をつきながらも、短気な守男はいつになく耐え忍んでいるようだった。被写体としてＰＲ館のどこがおもしろいのかゆずるにはわからなかったが、中古屋で買った自分のカメラで写真を撮るという行為自体が、和郎にとってはささやかな楽しみだということは察せられた。

ようやく気に入った場所が決まったらしい。右半身が動かせない和郎は、左肩と頬でカメラの本体を固定し、左手でレンズを持ちながら同時にその人さし指でシャッターを切るという、ありえない姿勢で撮影に没頭していた。

和郎にはそういう、妙に呑気な、気の長いところがある。だからほんとうにボケているのではないかとゆずるは疑うこともあった。しかし、かつて子どものころに一緒に釣りに行ったときも、ゆずるの釣り糸が収拾のつかないほどからまったのを、和郎は何か呪文のような鼻歌を歌いながら時間をかけてほどいてくれた。盆前の繁忙期にはフル回転する古い製粉機が故障したときも、埃まみれになりながら、詰まった小麦を手で掻きだしたり、あちこち油をさしたりして大概のことは修復していたのだ。故障したときは大声で怒るのだが、機械をとめて修理に入ると、気の遠くなるような作業のさなかにいつのまにか鼻歌を歌っている。もともとが粘り強い性質なのか、短気を起こしても機械が直るわけではないから気長になったのか。いずれにしても、体が以前とは比べものにならないほど不自由になってもどこか深刻でないのは、その悠長さに救われているのではないかとゆずるは思う。

和郎が写真を撮っている間、解放された守男はゆずるのほうに歩いてきて、煙草に火をつけると大きなため息をついた。

「ああ。やってらんねぇじゃあ」

ゆずるは黒助の尿をティッシュでふき取りながら、守男の困惑顔を見て思わず笑った。つられて守男も笑いだし、

「いやぁ、たまんねぇ。さきた《（さっき）》も、お父ちゃんのケッツ、見せられるしよ」

「ケッツ？　なぁしてよ」

「いや、呼ばれだがら便所さ入ったべ。したっきゃ《（そしたら）》ズボン、上まで上がってなくて、ケッツ見えでよ。生っ白《ちろ》いのが」

守男とゆずるは顔を見合わせてげらげら笑った。なんだかよくわからないが、

笑いがとまらないのだった。

また車が走りだすと、

「ゆずるは、恐山、見だごどあるが」

和郎が聞いてきた。「ない」と答えると、「行ぐが？」と言う。そういえば、これまで頭上に現れてきた標識の一番上には、恐山まで何キロと、すべては恐山につながっているかのように書かれていたなとゆずるは思いだす。

「恐山が《か》」

守男が気乗りしない声で言い、

「なぁんもおもしろぐねぇっきゃ」

「んだのが？　守男、行ったごどあんの？」

「ああ、前にな。なんもおっかなぐねぇ」

しかし、時間はたっぷりあり、めざす旅館への進路方向にあるということで、恐山に寄ることになった。

たくさんのススキの穂が揺れて銀色に輝いている場所があった。開けた窓から、時々、リーッという虫の音が入り込んでくる。途中、タヌキと思われる死骸が道路の端に転がっていた。

ゆるい下り坂が続き、畑や民家が目立つようになり、ようやく下北半島の斧のくびれたあたりにあるむつ市内に入った。街中の十字路で右折して、恐山に向かう。杉や雑木の生い茂った木々の間を、上ったかと思えば下ったりして走るうち、だんだん上りの勾配がきつくなってきた。白い布を頭から被せられ、腰のあたりに前掛けのように赤い布を巻かれた地蔵を見かけるようになった。

上りから、今度は急な下りがしばらく続く。と、ふいに木立の影が消えて視界が開け、平地にでた。道の左手に不自然に明るい緑色をした川が流れている。しかし川にしては大きくて、

「あれは、川が?」ゆずるが聞くと、

「湖だ」和郎が答えた。

水面が光り輝いている湖の対岸は、起伏のなだらかな山に囲まれていた。水辺にはススキが繁っている。いかにものどかな湖畔の風情だが、ここからもう、温

泉地でかぐような硫黄のにおいが立ちこめていた。

湖を左に見ながら進んでいくと、突き当たりは観光バスも停まれるほどの広い駐車場になっていた。ゆずると守男は車から降りて、券売所で入山料五百円を払う。券売所の脇ではアイスクリームを売っていて、看板には「霊場アイス　恐山盛り!!」と書いてあった。ゆずるはアイスの写真を眺めるが、何が「恐山盛り」なのか、どれもコーンの上にふつうに山形に盛っただけにしか見えない。

こまかな砂利が敷かれた境内の中央に、白い石畳がまっすぐ続いていた。石畳の奥には「本尊安置地蔵殿」という祈願祈禱の道場があり、その大きな建物のすぐうしろから、暖色に紅葉した山がせり上がっている。祭礼の日ではないため、死者の言葉を伝えるというイタコはいなかった。

地蔵殿の左手から、恐山の見どころといえる地獄を模したエリアに二人で入る。和郎はその場所は車椅子で回れないからと、車で待っていた。守男は和郎と一緒にいるのが気詰まりなので、興味もないのにゆずるについてきたのだった。

入口からすぐに、白っぽい土が剝きだしになった丘を上るようになっていて、道の両側には、サンゴの死骸に似た白くてでこぼこした石が積み上げられていた。火葬のあとに拾う骨にそっくりだった。そこかしこに積まれた石に、ピンクや黄色の派手な色をしたプラスチックの風車がさしてある。それはキシャキシャキシャキシャという音をたててよく回った。

地獄巡りの一帯は、どこかの砕石場にも、土石流が流れ去ったあとにも見える殺伐とした印象だった。大きな岩石から煙が立っているところに「塩屋地獄」「賭博地獄」「重罪地獄」「金堀地獄」といった札が立てられているものの、地獄を思わせるおどろおどろしい趣はない。しかも、一体なぜその名前がつけられたのかわからないほど、どの地獄も似ていて、守男が「おもしろぐねぇ」と言ったわけがよくわかる気がした。ゆずるは「血の池地獄」というものを一番期待していたのだが、岩で囲まれたただの人工の小さな池だった。池の水はいくら目をこらしても透明な水にしか見えない。

「どうだっきゃ。おもしれぇど」

守男がからかう。ゆずるは「うーん」と薄く笑った。

「昔《むがし》の人には、こごはテーマパークみたいなもんだったんだろうね」

車に戻ると、和郎が助手席の窓越しにカメラをかまえていた。ゆずると守男に向かってそこに止まれと言う。「いいじゃ、面倒《めんど》くせぇ」守男が苦笑するのを「いいがら、そごさ立で」と押しとどめ、二人が並んで立ったところをかなり長い時間をかけてフィルムにおさめた。カメラから顔を離した和郎は満足げに笑っていた。

駐車場を出てすぐのところにある、バスの待合所をかねた休憩所に身障者用のトイレがあるということで、車をそこまで移動し、下ろした車椅子に和郎を移した。今度はゆずるが連れていく。便器のそばまで車椅子を進めていくと、和郎は慣れたように壁の手すりにつかまりながら便器に移動した。和郎が用を足す間にゆずるも一般用のトイレで済ませ、ころあいを見計らって身障者用トイレに迎えに行く。和郎の尻を見ることになるかと思っていたが、ジャージのズボンは一応腰まで引き上げられていた。

休憩所の前に停めた車に向かうと、外で煙草を吸っていた守男が、「猫《ねご》、鳴いでらえ」と言った。耳をすますと、たしかに外まで「ミヨン」と切なげに鳴く声が聞こえてくる。バッグの中で便でもしたのかと、「わり《悪い》、ちょっと」と言って、車椅子のストッパーをかけて車に駆け寄り、後部座席のドアを開けた。

シートに膝をつけてバッグの中をのぞき、ゆずるは「あっ」と声を上げた。

「目ぇ、開いでる！」

まぶたがまだ完全に開ききっていないのか、中途半端にまん丸く開いた目で、黒助がゆずるを見上げていた。「お前は、目が開いだのが」と言いながら黒助を抱き上げた。なんともいえずいとしさが込み上げ、鳴くのにかまわず頬ずりする。

「何、どやった」

運転席に座った守男が聞いてきた。両手で挟んだ黒助を近づけて「目、開いだ」と興奮して言うと、守男も「おおっ」と大声を上げ、「ク〜ッ、めごいなぁ」とグリグリ頬ずりした。守男は九歳になる自分の末娘にも同じようにやる。その末娘と同じように黒助もいやがって顔をそむけ、ひときわ高い声で鳴いた。

守男は車のエンジンをかけ、「猫。仔っこ猫」と口走りつつ、一度車を前進させてからハンドルを右に切り、それから勢いよく左手後方に向かってバックさせた。建物の外で待っている和郎のほうへもっと車を寄せるつもりだったのだ。しかしそのとき、完全に閉まっていなかった後部座席のドアが開き、和郎の車椅子の側面にもろにあたった。「おおうっ！」と和郎は驚いた声を発したが、守男のブレーキが間に合わず、車椅子はドアに押されて和郎ごと斜めに傾いた。ドアの蝶番がギシッと鳴り、守男がブレーキをかけて車を前進させるまでの数秒間、和郎の体はストップモーションみたいに左手でドアを押した体勢で静止していた。目を剝き、おびえるように口を歪めた、すごい形相である。ゆずるは、衝撃に驚いて体をよじる黒助を両手に持っていたため、間近でそれを見ながら動けなかった。

車が離れて車椅子が水平に戻ると、

「なぁに、やってってきゃ！」

和郎のあらんかぎりの怒声が響いた。

「どぉご見で、運転、してんのよっ、このほずなす《（馬鹿者）》っ！」

「おお、大丈夫が」

すぐに車から降りて真剣な顔で駆け寄った守男に、和郎は怒りの言葉を立て続けに放った。

「いが《（お前）》は、いっつもそうだっ、なぁんも、周りば注意しねぇ。やるごどぜんぶが、軽率だ、何やるにしてもっ。口《くぢ》ばり《(ばかり)》、えらそうに一丁《いっちょ》前のごど喋ったって、ほぉら見だごどが、車バックさせるごども、満足《まんぞぐ》にでぎねぇ」

「……したたて、戸が勝手によ」

「ハッ、そったの、よぉぐうしろ見でだら、わがるべせ。おらば轢ぐどごだったんだぞ。どご見で運転してっきゃ、バガでねぇが」

肝を冷やした和郎は感情の昂ぶりがおさまらず、容赦なく守男に非難を浴びせかけた。すると、

「うっるせぇなっ、わんざ《（わざと）》にやったわげでねがべなっ！」

いきなり守男が大声を張り上げた。

「ギャーギャーギャーギャーギャーわめぐなこのクソオヤジッ！　だれのおがげでこご

まで来たど思ってんだ、そったに喋んだったら、下北でもどごでも、ひとりで行ってみろじゃ！　おらハア《（もう）》こごで帰るがらなっ！」

「帰れ、帰っていい、いがさ《（に）》おら、ハア、なぁんも頼まねぇ！」

「ハッ、恐山でくたばれじゃ！　死ねばみんなこごさ来るっつんだがら、ちょんどいがったごど！」

　そう言い捨てて、守男は車に戻るなり、ゆずるに何も聞かないままアクセルを踏み込んで発進させた。うしろにポツンと見えていた和郎の姿はすぐに見えなくなった。

　車はためらいもなく、来た山道をどんどん戻っていく。守男はひとりで喋り続けた。

「あのクソオヤジ、一体自分ば何様だど思ってんだ。ひとりでしょんべんもでぎねぇくせに、人のごど好ぎ勝手に使ってよ」

「ああああっ、頭《あだま》さくんなっ。どやせば、あったら性悪ジジイになれんのよ、なあ？　害だよ、害。あの男《おどご》、生ぎでるだけで、世の中《なが》の害だよ」

守男がそういう状態のときは、何を言ってもムダなことをゆずるは知っていた。むずかるように鳴いている黒助を指でなだめながら、相槌を打って聞いている。不注意といえばそうかもしれないが、思いがけずドアをぶつけてしまった守男自身もショックを受けているにちがいなかった。

車は時速七十キロはでているかというスピードで右に左にとカーブを切り、そのたびにゆずるの体は大きく振られた。ほんのちょっとしたアクシデントがあれば、一気に道の外へ突っ込んでいってしまうだろう。

車がガードレールを突き破って木に激突する。自分も黒助もフロントガラスのほうへ瞬間的に投げだされる。そんな事態になりそうなリアルな不安に耐えながら、ゆずるは努めて平静に「守男」と声をかけた。

「さっきは、おらが悪がったんだ。おらが、ドアばちゃんと閉めでながったがら」

「いや、そりゃ、したって、仕方《しがだ》ねがべな」

「お父ちゃんも、あったらに喋るごどねぇよな。ぶつけたくてぶつけだんじゃねぇんだがら」

「ほんによ。人の気持ぢも考えねぇでベラベラベラベラ、あの男の頭ん中、一体どうなってんのよ」

「んだな。――でもよ、守男、やっぱり戻ったほうがいいんでねぇが？」

「……………」

「置いでぐのは、まずいよ。そろそろ、戻るびゃ」

守男は黙っていた。相変わらずのスピードで車を走らせ、慣れたハンドルさばきで下り坂のカーブを次々こなしていく。と、車線が広くなったあたりにさしかかったとき、

「あぁクソッ！」

声を上げ、道脇に寄せながら急ブレーキをかけた。ゆずるは助手席のうしろにとっさに手をついて、反動で前方へ投げだされそうになった上体を支えなければならなかった。

「ほにほに手のかがる親父だごど！」

いまいましげに声を吐きだし、守男はぐるぐるとハンドルを回して車をUターンさせた。

恐山に戻り、和郎がいた休憩所の前に車を停めた。外に和郎はいなかった。建物の中にベンチが置かれた場所があったので、そこにいるだろうとゆずるが迎えに行った。しかし、観光に来たらしい年配の人が何人か座っているだけで、和郎の姿は見当たらない。身障者用のトイレを見てみる。いない。まさかと思いながら一般用のトイレに入って個室の中を確認するが、そこにもいなかった。

車椅子の車輪を片手で回して遠くへ行けるわけもない。とにかく近くにいるはずだと、ゆずるは外に出て、建物の周囲を見て回った。その様子が変だと思ったのか、戻ってきたゆずるに守男が「どやったっきゃ」と声をかける。

「いないんだよ、お父ちゃん。どごさも」

「あん？　いない？」

「どごさ行ったんだべ」

車で周辺を回ってみた。駐車場にも行ってみたし、車から降りて境内も見た。

アーチ型の赤い小橋がある水辺にも戻ってみた。しかし、いくら注意深く目をこらしても見つからなかった。

「湖さ落ぢだべが」とゆずるが言った。

「そりゃねぇべよ。手すりあるし」

「神隠《かぐ》しどが？」

「だぁへば《（まさか）》」

「誘拐だったりして」

「ありえねぇ。誘拐犯がお父ちゃん持で余すべ」

ぐったりと疲れた顔で守男がつぶやく。

一時間以上探して、最初の休憩所のところで車を停めた。二人でもう一度建物の前に立ち、なんの方法も浮かばなくてぼんやりと辺りを見回した。いつの間にか午後の二時をすぎていた。

中のベンチで、家から持参したらしい弁当を膝の上に広げている、六十代くらいの夫婦がいた。ゆずるは夫婦に近づき、無駄だとは思いながら、外で車椅子に座っていた男を見かけなかったかと聞いてみた。歳は七十代、紺の帽子をかぶって、白と黒のチェックの長袖シャツを着ている、と特徴を伝える。農家らしい赤黒く日焼けした男のほうは「さあ」と首をかしげたが、頬の赤い太った女のほうが、

「ああ、その人だば、ちょっと前に、車さ乗って行ったんでねぇべが」

「車さ乗って？　だれのだべ。それ、タクシーだったすか？」守男が聞く。

「いや、なんだが、どっかの施設のバスだど思ったけど……」

どういうことかわからなかった。なぜ、和郎がバスに乗っているのか。ゆずるには、女が別の人間の話をしているのではないかと思え、

「施設って、なんの施設だべ」

「さぁ、年寄り連れでだがら、介護の施設だべが。これがら大間ば見物するって、職員《しょぐ》おんた人が、みんなさ向がって喋ってだけど」

ゆずると守男は顔を見合わせた。とりあえず夫婦に礼を言って表にでる。

「なんだべな」

「いやぁ、わがんね」守男も首をかしげ、

「まさが、そのバスさ乗せでもらって、旅館さ行ったどが？」

ゆずるはありえないと鼻で笑った。しかし、守男はその思いつきに何かを感じたようで、「もしそのバスが国道二七九号で行ぐんだば、大間さ行ぐ途中にその旅館があんだよ」と言って携帯電話を取りだした。

旅館に電話をかけ、「今晩泊まる月館《つぎだて》ですが」と名乗り、車椅子の男がひとり行ってないかとたずね、和郎の服装を告げる。少しして、「えっ」と守男が顔を上げた。

「いますが？　うぢの親父、もうそっちさ着いでます？」

ゆずるを見て「いた」と口パクして顔をしかめる。ゆずるは驚き、「ハァア？」とあきれた。

礼を言って電話を切った守男に、

「何、お父ちゃん、いだってが？」改めて確認すると、

「いだ。なんだが、どっかの老人ホームのバスさ送《おぐ》られで来たづ」

険しいような、でも今にも笑いだしそうな表情で守男が答えた。ゆずるが「しっぷてぇなぁ」と思わず笑うと、守男は遠くを見るような目で言った。

「どごまで迷惑《めいわぐ》かげるつもりだっきゃ……」

海の間近を通る国道二七九号の右手には津軽海峡が広がっていた。波の起伏はどこまでもぺたりとおだやかで、視界の向こうに横たわる水平線までもが裁断機で断ち切ったように真っ平らに見える。道の両脇には民家が並んでいて、そのうちの一軒には、「E・YAZAWA」の大きなシールが二階の窓に貼ってあった。

道なりにしばらく進むと、「小《こ》赤川」「大《おお》赤川」という二つの川が現れ、大赤川の橋を越えてすぐのところに左に入る道があった。その道に入り、坂道を山側に戻るようにして上っていく。今晩泊まる「松浪旅館」は、坂を上りきった高台にあった。旅館といっても、鉄筋建てのビジネスホテルのような外観である。広めの玄関がある低い建物だけまだ新しい木造で、その両側に、客室棟らしい古びた三階建ての建物が連なっていた。旅館の背後には紅葉した山が広がり、川のせせらぎが下の方から聞こえてくる。

温泉旅館に来たという趣をさほど得られないまま、ゆずると守男が上がり框でスリッパに履き替えていると、あずき色の着物を着た痩せた仲居がやって来た。

「今日泊まる予約をしてました、月館ですが」

ゆずるが反射的にでた東京のイントネーションでそう言うと、五十すぎと思われる眼鏡をかけた女は、

「ああ、月館さん。もう、おひとりお見えになってましたよ」

ロビーのほうを見やれば、奥で車椅子に座った和郎が、ニコニコ笑いながら若い仲居をつかまえて何か話しているのだった。上機嫌の和郎は、ゆずると守男のことなどまったく頭にない様子である。

「なんだありゃ」とゆずるが言い、

「おいおいおい……」と守男が続けた。

近づいた二人を和郎は見上げたが、まだ口元に笑いが残ったままだ。そのにやけた顔に、守男はいきなり、

「おい、お父ちゃん、何考えでっきゃ」と怒鳴った。

「急にいなぐなってよ。ゆずるどして《（と一緒に）》、一《いぢ》時間も探し回ったべな。勝手にいなぐなんなよっ」

その剣幕に和郎もうらみが噴きだしたらしく、声を荒げて反駁した。

「ハッ、いがんどが、おらば探すってが。人ば置いでったくせに、なぁに喋ってっきゃ」

そしてそばに立った仲居に向かって、

「おらの息子んどは、親ば捨てでぐ、ひどい息子だぢなんです。そんな息子が、この世の中《なが》にいますか？　私《わだし》はハァ《（もう）》、情げなくて情げなくて」

仲居は困惑げに笑い、

「そんなごどないじゃないですか。お父さんのごど、一所懸命探したみたいですよ」

「なぁに、これんどに、親の気持ぢの、何がわがるって。人ばゴミみたぐ、邪魔者扱いして。これんどは、あんだみたいな、やさしい心《こごろ》の人間どちがう。あんだが、おらの子どもだば、よがった」

「だれがお父ちゃんばゴミ扱いしたっきゃ。人聞ぎ悪《わり》ぃ」

和郎のひねくれぶりにあきれながらゆずるは抗弁した。そして、

「何よ、お父ちゃん、どやってこごまで来たのよ」

責めるように聞く。和郎はフンと鼻を鳴らし、

「三沢がら観光に来た、老人ホームの人がよ、おらさ大丈夫がって、聞いできたがら、わげ話して、乗せでもらったんだ。見だが。いがんどさ頼らなくても、おらはひとりで、こごさ来れだどっ」

勝ち誇ったように声を張り上げた。


ロビーで和郎の相手をしていた仲居に、旅館の一階の廊下を突き当たったところにある部屋まで案内してもらった。部屋は洋間だった。二十代に見える小柄な仲居は、夕食と朝食の時間を確認し、大浴場は二十四時間入れることをハキハキ説明したあとで、

「あの、それで」と、ちょっとためらいながらゆずるに言った。

「もしがせば、カメムシ、出るがもしれません」

「カメムシ？」

「ハイ。カメムシ……」

仲居は恥ずかしそうに笑ってうなずく。

「秋《あぎ》は特《とぐ》に多くて。サッシの隙間《すぎま》に身を潜めでるのが《(か)》、取っても取っても、どっかがら出でくるんです」

「ここは、山だがら、そうなんでしょうな」

和郎が理解を示すと、仲居は「ええ」とうなずき、

「うぢだげじゃなくて、この村全体、そうなんですよ。お客《ぎやぐ》様が入る前に、三回ぐらい確認《かぐにん》してますけど、もし出だら、言ってください。取りに来ますんで」

「取りにって、なんが特別《とぐべづ》な取り方《がだ》どが、あるんすか」守男が聞く。

「ガムテープでくっつげで、こう、ペダッとただむようにするんです。ティッシュで取ると、臭いニオイ出すもんで」

なるほど、と三人が感心すると、仲居は愛嬌のある笑顔を見せて「どうもすいません」と言い、お辞儀をして出ていった。

室内は、クリーム色の壁紙が貼られていて清潔そうだった。しかし、なにしろ狭い。モスグリーンのカバーがかけられたベッドが二つ、人がひとり通れるかどうかという間隔で並んでいた。窓際に置かれた大きなソファーは三人目のベッドになると仲居は説明していた。

「いやまだ、狭《せめ》ぇごど」

守男があきれる。荷物の置き場にも困って、仕方なく窓側のほうのベッドの上に置く。ゆずるは夜は自分がそこに寝るという意思表示も込めて、ソファーベッドの上に荷物と黒助のキャリーバッグを置いた。

「まぁ、いがべ」

いつもなら真っ先に不平を言うはずの和郎が、このときはそうつぶやいた。

とりたててどうという特徴のない宿だとゆずるは思ったが、窓からの眺めは悪くなかった。眼下の急斜面は雑木に覆われていて、底には流量の少ない川がのぞいている。川を挟んだ向かい側は山の景色が大きく広がっていた。深緑や黄緑、黄や朱といった色がこんもり折り重なって、頂上まで続いている。それらの色の毛糸で編んだ温かそうな帽子のようで、山全体を覆う木々の葉は、音もなく風に揺れていた。

紅葉などにほとんど興味がなかったはずのゆずるだが、いつになく、それらの色彩が体にしみてくるのを感じた。その感覚は悪いものではなかったが、自分が年をとったからだろうとあきらめに似た気持ちにもなる。左手に目をこらすと、山の切れ目からわずかに津軽海峡がのぞいていた。

「ちょっと、売店で煙草《たばご》買ってくら」

そう言って守男が部屋から出ていくと、

「どりゃ、しょんべ《（小便）》」と和郎が言った。

ああ、と反射的に応えたものの、あれ、ここのトイレには身障者用の手すりがあるのかと思い、先にバスルームのドアを開けてたしかめる。そして「あっ」と声を上げた。

「お父ちゃん、こご、ふつうのトイレだよ」

「え？」

「手すりも何もねんだよ。ただの、ふつうの便器だ」

「ああ。大丈夫だ」

「何が大丈夫だって。どやってしょんべんすんのよ」

「いが《お前》、押さえでろ」

「ハ？」

「おらが立って、するがら、ゆずるが、うしろがら、支えろ」

そういう事態を想定していなかったゆずるは難色を示したが、

「おいおいおいおいおい」

「早ぐ。もれる」

と和郎が言うので、結局したがわなければならなかった。

バスルームの入口はバリアフリーになっていない。車椅子が入れるだけの幅があるだけ幸いだったが、敷居をなんとかまたいで中に車椅子を入れると、もうほとんど身動きできない状態になった。

和郎は左手と、左脚の力で立とうとしたが、なかなか腰が浮かない。それをゆずるが両脇を支えて上に引き上げ、どうにか立つことはできた。しかし、使わなくなったせいで弱った左脚は、和郎を支えるにはグラグラと頼りない。ゆずるは車椅子の背もたれごしに、前屈みの姿勢で支えようとしたが、それだと力が入りづらいので、車椅子とバスタブの隙間に無理矢理体をずらして安定を保とうとした。下手をすると二人一緒に倒れかねなかったが、思ったよりもずっと和郎の体が軽いということに、ゆずるは息を飲む。

和郎は左手でジャージをずらした。するとまた上体が揺れだし、かといって尿意を止めることもできず、そのまま放尿した。左右に大きく的を外れた尿は床を濡らしたが、体の揺れが収束するとちゃんと便器に注がれ、ジョボジョボジョボッと低い音を響かせた。

いやでも和郎のクタリとした性器が目に入ってしまい、なんとなくきまり悪くて、

「まさか、お父ちゃんの金玉見るどは、思わながった」

そう苦笑して言うと、

「ハッ。こごがら、いがんどが、生まれできたんだべ」

和郎は平然と笑う。

「いや、金玉がらは生まれでこねぇど思うけどよ……」

ゆずるがつぶやいたとき、和郎はいきなりブイッと屁を放った。その勢いのある大きな音は狭いバスルームの壁に軽く反響して、「おお」とまた和郎は笑った。下からほわりと甘いようなあたたかいような感触で鼻孔を刺激する便臭が立ちのぼってきても、和郎を支えているゆずるは逃げることができない。決死の形相で息を止めた。

今夜はこれを何回繰り返すのかと暗い気持ちに陥りながら、車椅子に和郎を座らせ、うしろ向きにバスルームをでる。これからどうするのかと聞くと「ちょこっと、寝る」というので、手前のベッドの足側に車椅子を寄せた。ベッドの上に乗って前から和郎の左手を引いて立たせ、少しずつ体を回転させる和郎に力を貸し、どうにかベッドに座らせる。だが、まだ終わりではない。和郎のうしろから両脇に腕を入れて、抱え上げて引きずるようにベッドの中央まで移動させなければならなかった。

　和郎がベッドの上に仰向けになると、窓際のソファーベッドに置いたバッグの中で黒助が鳴きだした。

「いいや、猫《ねご》、わがねぇ《（だめだ）》。表《おもで》さ出せじゃ」

　怒りだした和郎を、ゆずるは、

「おらの子どもさ向がって何言うっきゃ」とかわした。

「おらの子どもっていうごどは、お父ちゃんの孫なんだよ？　というごどは、こいつがこれがらの時代をになう、おれらの未来なんだよ？」

「だぁへば《（まさか）》。そったら、毛の生えだ、生ぎ物のために、おら、働《はだら》いできたんでねえど」

　声を荒げる和郎を「わがったわがった」と相手にしないことにして、ゆずるはソファーベッドに腰かけ、お湯で温めた哺乳瓶のミルクを黒助に与えた。真ん丸に開いたまぶたからは瞳が完全に現れていなくて、妙な感じである。あとで携帯で写真を撮って、典子に送らなければと思った。

ゆずると典子は結婚して四年たつが、子どもはいない。経済的な事情より先に、子どもがほしいという気持ちが二人とも起こらないからだったが、ゆずるは猫を飼うことで、もう自分たちが子どもをもたないことが決定づけられた気がしていた。

人間の赤ん坊を育てる大変さとは天と地ほどにちがうだろうとゆずるは思うが、それでも二時間おきに、尿をさせ、体重を量り、温めたミルクを与え、また尿をさせ、体が冷えないようにペットボトルにお湯を入れてタオルでくるんで置いてやるのは、結構大変なことだった。黒助を中心に生活が回っていた。世話に疲れて、ほんの些細なことで典子と口論になったことさえあった。

ミルクのあとの尿をさせると、黒助は仰向けのまま、ゆずるの太ももの間で眠った。バンザイするように前足を上げて、ポンとふくらんだ桃色のお腹を見せている。移動の落ちつかなさから解放されて安心したのかもしれない。下腹に、へその緒がとれた穴がまだ残っていた。そのやわらかくて小さな体をなでながら、ゆずるは、黒助にはただ、安心して育ってほしいと思う。

さっき、持参した料理用の電子計量器で体重を量ったら、二百グラムを超えていた。典子が連れてきた百グラムにも満たなかったころから、まだ十日くらいしかたっていない。日に日に体重が増え、頭の大きなモグラの子どもみたいだった体つきもいくらか猫らしくなってきたようだ。時間を早回ししているのではないかと思うほど、成長が速い。成長が速いということは、それだけ死ぬのも速いのだと気がつくと、その十何年先に訪れる別れの場面が想像されて、今からもう、シンと寂しい気持ちになるのだった。

夕飯までにはまだ間があった。この部屋だけ外から切り離されたような、ひそやかな静けさに包まれている。

ンカッ、といういびきが聞こえた。見ると、和郎は口をあんぐり開けたまま眠っていた。口の中は底のない穴の入口さながらに暗くて、光の加減か肌のつやもなく、黄ばんで見えた。魂の抜け去ったむくろみたいだった。外出用の小綺麗なシャツを着ていても、トイレで脱ぎやすいように下はいつもの青いジャージである。生地には点々と白い毛玉ができていた。

その姿を見ながら、ゆずるは、親父はおれらを育てるとき、同じように「安心して育ってほしい」と思っただろうか、そんな余裕はなかったのではないか、と想像した。子どものころ、家の隣りの製粉所から仕事を終えて戻ってきた和郎の、黙々と飯を食う姿が脳裏に浮かんだ。疲労からくる不機嫌をあらわにし、その口から糸のように繰りだされるのは、言うことを聞かない客のだれかのことや、鶴子やフエに対する粘着質な小言だった。ゆずるがわがままを言えばビンタを張られ、小麦粉の袋を保管している倉庫の扉の前までかついで連れていかれ、そこに閉じこめると脅された。

そのころの和郎の姿が頭に浮かぶと、親父は若かったんだなと軽く驚く。しかし、元気なころの和郎の面影をほかに思いだそうとしても、だいぶおぼつかなくなっていることにも気づくのだ。ゆずるは和郎の今の有りようということを考える。親父は、自分の老後がまさかこうなるなんて思っていただろうか、と。

和郎はほんとうは政治家になりたかったのだ、とだれかから聞いたことがあった。鶴子だったか、守男だったかは忘れてしまった。どんな信条があって政治家になりたかったのかはわからないが、そんなことをされたら家がつぶれる、やめてくれというフエの懇願で出馬をあきらめたという。政治家になれなかった和郎は、その夢を、ＰＴＡ会長、消防団支部長、自民党の政治家を後援する支部の会長といった、あらゆる役職に就くことで満たしていた。外に対して人当たりのいい和郎は、周囲の人望を集めて要職に推薦されることも多かったのだ。和郎はそれを嬉々として引き受けた。夕方になるとスーツに着替えて何かの会合に出かけたり、休みの日にはだれかの結婚式だ、葬式だと出かけてばかりいる姿をゆずるはなんとなくおぼえている。

それが、今はトイレにもひとりで行けない。かつてのように喋ることも、カラオケで歌うこともできない。孫である守男の三人の子どもたちをあれほど可愛がったのに、今ではその孫からも疎まれている。そして、今日は守男に置き去りにされて……。

和郎が事故を起こしたという電話を夜中に受けたとき、受話器の向うの鶴子の声は明るく聞こえた。少し上ずった、娘のような澄んだ声音だった。どこか笑っているようにも聞こえて、軽い事故なのかとゆずるは思ったが、ひとりでトラックを運転していて道路脇の防雪柵に突っ込み、運転席がつぶれて救出に二時間かかったという。右の膝から下を切断しなければならなかった。自然農法で作ったという小麦の仕入れに山形まで出かけていき、泊まらずにそのまま帰ってくる途中、岩手県まで戻ってきたところで起こした事故だった。

五年前、その事故が起きたとき、ゆずるはまだ結婚していなかった。風呂なし六畳の部屋でバッグに着替えを詰め、始発電車を待って眠らずにいる間、気を張って事故のことを伝えてきた鶴子の気持ちを考えた。そして、足を失ってもなんでも、生きていてくれさえすればいいと、それだけを思った。そう思える自分が意外だった。

新幹線を盛岡で降り、救急車で運ばれたという市内の大学病院に着くと、待合室には鶴子と守男がいた。鶴子は「わざわざ、よぐ来たな」と逆にゆずるを気遣った。守男は深刻に眉をひそめ、「おお……」となった。

守男の話によると、事故を起こしたのは、携帯電話のつながらない山のふもとだったという。夜中近かったということもあり車もほとんど通らない。たまたま車で通りかかり、降りて様子を見に来た男に、和郎は自分から救急車を呼んでほしいと頼んだ。三十分かかってようやく救急車が到着したが、なかばスクラップ状態の運転席から和郎を助けだす装備がなく、レスキュー隊が来るまでさらに三十分かかったらしい。

自分から救急車を頼み、進まない救助作業の間もじっと待っていた和郎のしぶとさに、ゆずるはなぜか、さすが、おれらの親父だな、と思った。

事故の直接の原因は、居眠り運転だということだった。ふと眠り込んだ一瞬に反対車線を越え、道路脇に設置してあった田んぼの防雪柵に突っ込んだのだ。しかし、ぶつかったのが防雪柵の柱だったから命が助かったんだと守男は言った。柱の間に渡された厚い鉄板に突っ込んでいたら、頭がなくなっていただろう、と。

「だすけ、運送屋ば頼めばよがったんだ。そればよ、金かがるどがなんどが喋って……」

苦々しげに守男は続けた。一緒に乗っていかなかったことを悔いている様子だった。和郎がわざわざ山形まで単独で出かけた経緯を聞いていると、ゆずるには、そもそもの発端は家業を継いだ守男への対抗心にあるように感じられた。まだまだお前には負けないという気持ちが、泊まってきたほうがいいと鶴子やフエに言われていたのを無視することにつながったのだと。

手術の麻酔からさめ、処置室からストレッチャーに乗せられて出てきた和郎に「お父ちゃん」と声をかけた。「よぐがんばったな」自然とそんな言葉が出てきた。すると、白い顔でうっすら目を開けた和郎はゆずるに気づき、「おお」と声を発した。そして、

「申し訳《わげ》ねぇ……」

はっきりと言い、目をつむった。はじめて聞く、和郎の詫びの言葉だった。

そのときから和郎のための車椅子が用意され、家のトイレや浴室には手すりがつけられた。しかし、落ち込むとみなが思っていた和郎は、左足でも車のアクセ

ルが踏めるよう、ペダルに特別な器具を取りつけ、これまで通り自分で運転して会合に出かけていた。心配していた家族は、義足をつけて杖をつけばなんとか歩けるし、車も運転できるのだからと、片足のない和郎がいる生活にやがて慣れていった。

「糖尿病で血管つまって、このままだば切断せねばわがねぇ《（だめだ）》って言われでだほうの足だがら。ちょんどよがったっていうが」

鶴子があきれたように笑って言うこともあったが、それから二年後に、和郎は今度は脳梗塞で倒れたのだった。嫁の町子が朝、前日から疲れたといって寝ていた和郎を朝食のため呼びに行き、ベッドから車椅子へ移そうとしたが、体を起こせない。ろれつが回らず、そのうち失禁したので、看護師だった町子は異変を感じて救急車を呼んだ。

和郎は二日前まで、菩提寺の住職から新しい位牌堂を造るための寄付を一億五千万円集めてほしいと頼まれ、真冬に杖をつきながら檀家を回って頭を下げていた。この寺は、駐車場にアスファルトを敷きたい、境内に石灯籠を設置したい、鐘を設置したい、本堂を改築したいなどと、設備充実に熱心で、そのたびに檀家は寄付を求められてきたのだった。天候で収入が左右される農業だけでは食べていけないので、会社勤めもやりながら生計を立てている者も多い檀家らは、寺の贅沢のために金をだしたいとは思わない。その気持ちもよくわかる和郎は、寺と檀家の板挟みになっていた。寺の頼みを断ればよかったのだが、だれかに頼りにされることに弱い和郎には、それができなかった。

脳梗塞自体の後遺症なのか、脳梗塞で体の自由がきかなくなったことからくるウツ状態なのか、和郎は時折不可解な行動を起こすようになった。だれも着ない、だれも使わないのにディスカウント店で家具や服、小物を買ってくる。和郎と鶴子は物置小屋を改装した離れの一階で寝起きしているが、その二階に、それら買ってきた物がただただ増えていった。動けないことの憂さ晴らしだろうと大目に見ていた鶴子も、置ききれないほど物が増える一方なので、整理して捨てようとすると、和郎は本気になって怒りだした。また、母屋の食堂で和郎が座る定位置の上に、室内で洗濯物を干すための物干し竿が渡してある。テーブルについた全員を見渡せる和郎の席も、その頭上後方に物干し竿があるのも、和郎が現役で働いていたころから変わっていないのだが、急に、なんでここに物干し竿があるんだと騒ぐようになった。自分に落とすためにわざとやっているんじゃないかという不安をにわかに感じたようだった。

ゆずるは盆に帰省したときの食堂でのことを思いだす。和郎は飯を食うとき、痰がからんだように、ウン……、ウン……、と喉を鳴らす。時々、カーッ、と喉のひっかかりを吐きだすようなこともする。その朝も食事中に和郎がそうやって喉を鳴らしていると、守男の末娘である九歳の和恵が、困ったように笑って、「いや……、コワイ」と言った。和郎は「何が恐いって?」と、口元だけ笑いながら問いつめるように聞き返した。

和郎が鶴子と一緒に離れの部屋に引き上げたあとで、ゆずるは、和恵が「コワイ」と言ったのには理由があることを町子から聞かされた。以前、和郎が食事中に思いきりくしゃみをしたとき、食べていたホウレンソウが鼻から飛びだし、上唇の上に垂れてしまった。それを見て、和恵が顔をしかめて「汚い」と言ったのを和郎は聞き逃さず、「何が汚いんだ」とむきになって怒りだしたという。和恵はそのときのことを覚えていて、今朝も「汚い」とは言えないから「コワイ」と言ったのだと、町子は笑いながら解説した。

今の和郎は、家の中で腫れ物のように扱われ、世の中からも、増えすぎた老人のひとりとして見られている。

――それでもおれは、この親父からカネを借りようというのか？

と、今になってゆずるは自分で自分が不思議になるのだった。何をどうすれば、おれは、実家はいつまでも頼れるところだと、二百万くらいのカネならすぐに貸せるくらいには余裕があると思うことができたんだ？

八十八歳のフエと歩けない和郎。そして高校と中学、小学校に通う守男の三人の子どもたち。守男と町子と鶴子とで、家族が食べていけて、子どもたちが学校に通えるようになんとか稼いでいる家の、どこにそんなカネがあるというのか。

ゆずるは大学を出てからずっと、アルバイトをしながら小説を書いてきた。世間に、具体的には東京の暮らしになじめない、頑なになじもうとしない自分が何か特別なもののように思っていたからだが、そうした生きづらさを克明なリアリズムで描いた彼の作品は、一度も日の目を見ることがなかった。そしてようやく、小説を書きはじめて二十年めを迎えた年に、彼は悟った。作品にどれほど自分の切実な真実を込めようとも、その真実や方法論が読者にとっておもしろくなければ見向きもされないのだ、と。浮かれ騒ぐ世間の中に居場所を見出せない自分の拠り所だったはずの文学にさえも、おもしろい／おもしろくないで選別されることに彼は愕然とし、たとえ血だらけの自分の心臓を差しだしても「こんなもの食えない」と鼻で笑われているように思うと、なんだかすべてが馬鹿らしくなってしまった。だったらいっそこれまでの二十年間を文学もろともドブに投げ捨てて、残りの人生を地道にサラリーマンとして働いていこうと心に決めた。

しかし、ちょうどそのころ世の中が不景気に反転したこともあって、今さら改心してみせた男を信用して雇ってくれるところなどなかった。お前は社会の無用者だと言われているようでゆずるはいよいよ追いつめられ、やはり世間に屈服しきれない性分なのか、今度は以前から気になっていた革靴を手縫いする職人になろうと思った。今回はそのための養成学校に入る金を借りるつもりで、実家に帰ってきたのである。けれども、たとえその学校を卒業したとしても、一人前の稼げる職人になるまでには、さらに収入のない日々がつづくだろうことは、彼の頭からは抜け落ちていた。

「ゆずるがやりたいこと、やればいいよ。あたし、まだがんばれるから」

そう言って笑った典子の、疲れとあきらめがにじんだ顔が思い浮かぶ。何をやっても浅はかで見当ちがい。そんな浮わついたおれの生き方に、典子の人生を巻き込んでいる。

情けない、という激情がいきなりあふれた。東京の家で日中ひとりでいるときのようにうめき声がでそうになり、思わず口元を覆った。

「……別《べつ》に、なんてごどねぇな」

夕食の膳にのせられた、冷奴の上に盛られた生ウニを食べながら、守男が言った。刺し身の甘エビの身をすすりながら「んだな」とゆずるがうなずく。細くてゆるんだ身の甘エビだった。左手に持ったスプーンで茶わん蒸しをすくっている和郎は何も応えない。応えないということは、この場合は同意しているのだろう。自分で自分のコップにビールを注いでいる守男は、風呂上がりでひとりだけ頬をつやつやさせている。ゆずるはさっきまでソファーベッドで寝ていて、まだ風呂には入っていなかった。

三人は、ロビーの横にある食堂のテーブルについていた。白いテーブルクロスがかかった四人掛けのテーブルが十二卓並ぶ、端の席だった。ほかには小さな女の子を連れた若い夫婦や、老夫婦がいるだけである。

「お父ちゃん、この旅館、前に来たごどあんのが」守男が聞いた。

「だいぶ昔《むがし》にな」

「何年前よ」

「……ハァ四十年前が。そったにたづが」和郎はつぶやく。

「なぁしてわざわざ、今回ここさ来たのよ」ゆずるが聞いた。

「そったらにいいどごだど《なのか》、ここ」

「……昔はな、」

と言いかけて、気管に食べ物が入りそうになったのか、急にウン、ウン、と咳払いした。それが一段落してから、「昔はもっと、良がったんだ」と続けた。

「メシもうまがったし、古くていい雰囲気《ふんいぎ》だった。今はなんだが……、安っぽぐなったな」

「建物《たでもの》も、今どちがったのが？」

「んだ。もっと、黒光《びが》りして、どっしり構えでだ」

「ふうん」

ゆずるはうなずいたものの、今の旅館からはよくイメージできなかった。和郎の皿にのっていたズワイガニの片身をほぐし、

「ほら、お父ちゃん。蟹《がに》食え」

ややぞんざいにすすめた。いつもなら鶴子がやる仕事である。和郎に対して何かをやってあげるというのは気恥ずかしかったが、仕方なかった。食堂に入る前にも、部屋で和郎の腹肉をつまんでインスリンの注射をした。和郎は「おお」と、

とくに礼を言うわけでもなく痩せた蟹のむき身に箸をのばす。利き手ではないほうだから、箸先でそろそろとつまみあげて口に持っていく。持ち上げられたむき身は小刻みに震えていた。

いつになく、和郎がおとなしいようにゆずるは感じる。自分のわがままがきかない場所だからか、すべてが味気ない旅館のせいなのか。和郎らしくなかった。蛍光灯の明かりの下で口をもぐもぐ動かしている姿を眺めながら、髪がだいぶ薄くなっていることに気づいた。そう思って見直すと、いつの間にか老人の風貌になっている。七十過ぎなのだから当然なのだが、ゆずるはそれまで一度も、和郎を「老人」だと思ったことはなかった。ふいに、何に対してかわからない怒りが込み上げてきた。

仲居に案内されて、観光でやってきた夫婦らしい太った白人の男女が食堂に入ってきた。和郎と同じくらいの歳なのか、どちらもきれいな白髪で、旅館の浴衣からでた肌は湯上がりなのだろう、ピンク色に染まっている。何がおもしろいのかそろって目を輝かせ、口元に笑みを浮かべていた。食堂にいた者たちは、みな一瞬驚いたふうに二人のほうを見た。

ゆずるが和郎をうかがうと、ほかの者たちのように盗み見ることはせず、顔をほころばせて視線を投げかけている。あ、いやな予感、とゆずるが思っていると、案の定、二人が和郎たちのテーブルの横を通りかかったとき、

「グッ、イブニン！」

待ちかまえていたように和郎が左手を上げ、満面の笑顔で言った。

まさか声をかけられると思っていなかったのか、その夫婦は「Oh!」と驚き、でもうれしそうに「Good evening!」と挨拶を返した。そして続けて何か言ったが、和郎はわからずにただニコニコするばかりである。大柄な、白い口ひげを生やした男はちょっと残念そうな顔を浮かべたあと、すぐに「ドーモドーモ」とおどけてお辞儀をしてみせた。守男はワハハッと笑った。ゆずるも笑ったが、白人を前にするといつもそうなるように、頬の筋肉をつり上げた笑い方になった。

「エンジョイ、エンジョイ」

和郎は笑って繰り返した。男も笑って「アリガト、ゴザイマス」と応え、ウイ

ンクしてから、自分たちの席に向かった。

「わがねぇ《（だめだ）》な。前みったぐ、単語、出でこなくて」

そう言いながらも和郎は満足げだった。テーブルについても笑ってこちらを見ている二人に、手を上げて応えている。

九歳のときに終戦を迎えた和郎は、高校の夜学に通いながら、日中は掃除や洗濯、靴磨きもするハウスボーイとして米軍のベースに働きに行っていた。現在は陸上自衛隊の駐屯地になっている、和郎の町からさほど離れていない桔梗野という地区に、当時は米軍が駐留していたのだった。通っていたところが将校の家で、「Hey, Kazu, boy!」と呼ばれてかわいがられたと、ことあるごとに和郎がうれしそうに話していたのをゆずるはおぼえている。お前はまじめだし、頭がいいから大学にも入れる、アメリカに来ないか、来たら大学にも入れてやると言われたらしい。

当時の日本人にとって占領はどういう意味をもっていたのかとゆずるは思う。和郎の父は、和郎ら六人の子どもたちを並べ、進駐軍がやってくれば自分たちはどうなるかわからないからと、今のうちに好きなものを食べろと言って小遣いを与えたという。しかし、和郎の話からは、占領されたことに対する屈辱や抵抗といったものは微塵も感じられなかった。少なくとも和郎にとっては、未知の物質的豊かさや洗練された文化にふれ、その世界の人間から認められたという栄誉に包まれた経験だったのだろう。

　では、なぜそのときアメリカに行かなかったのか。和郎としては行きたかったのだが、今のように飛行機で簡単に行ける時代ではなかった。お前がアメリカに行ってしまったらもう二度と会えなくなると母親に泣かれ、あきらめたのだった。

　夕食を終えて食堂をでると、部屋のある棟とは反対側の、ロビーを通ってもうひとつの客室棟に続く廊下の奥に、ポツンと明かりのついた看板がでているのに守男が気づいた。看板には「スナック山茶花《さざんか》」と書かれている。周りに酒を飲ませる店がないため、旅館の中に店をつくったらしい。

「ハァ、スナック山茶花ってが？」

　そう言って守男がニヤニヤするのを受けて、ゆずるが言った。

「おっかねぇなぁ。どったら婆《ババ》が出でくんだが」

和郎を部屋に連れていき、「お父ちゃん、風呂、どやすっきゃ」とゆずるが聞くと、「いや、いい」と和郎は答えた。大浴場はさすがに無理としても、手すりも何もないのに「シャワーを浴びる」と言いだすのではないかと恐れていたゆずるは、少し拍子抜けした。旅館に泊まる前から風呂には入らないつもりだったのかもしれないが、ほんとうに何をしにここまで来たのかと思う。今度はゆずると守男の二人がかりで和郎をトイレに行かせ、ベッドに引き上げた。ゆずるは和郎の背もたれがわりに枕を重ねて、窓際のソファーベッドの隣りにあるテレビが見やすいようにしてやった。そのあとゆずると守男も部屋で休んでいたが、退屈をもてあましたのか守男がまた風呂に入るというので、ゆずるも一緒に浴衣に着替え、スナックの前の階段を下りたところにある大浴場に行った。

「大浴場」とはいうものの、十人も入ればいっぱいになりそうな浴槽にはだれも入っていなかった。大きなガラス窓は湯気で曇っていて、外は何も見えない。しかし、たとえ曇っていなくても、向かい側には真っ暗な山が広がっているだけだった。

「ああ、いいな」

白濁した湯に肩をうめた守男が言い、両手で顔をぬぐった。「最高だ」

ゆずるも「んだな」と応え、浴槽のへりの石に頭をもたせかけ、大きく息をついて目をつむる。硫黄泉のにおいに、一瞬、昼間の恐山のことが頭をかすめた。

じんわりと体にしみてくるぬくみに、二人とも「ああ」とか「ふう」とか声をもらすばかりで、しばらく何も話さず湯につかっていた。ゆずるの顔の上を、汗がはらはらと伝っていく。いつの間にか歯の神経のあたりがむず痒い感じになって、もう自分が芯まで温まっていると思った。そのほぐれていく感じに、東京では採用通知を待っているだけでほとんど何もやっていなかったが、やはり先の見えない状況に緊張していたのだと気づく。外から小川のせせらぎにまじって、リリリリリ……と鳴く虫の声が時折聞こえてきた。

「風呂はいいな、ここ」ゆずるが言った。「ほがは、どうってごどねぇけど」

「んだなぁ」守男が頷く。そして、

「なぁしてこう、なんでもかんでも、つまんなぐ新《あだら》しぐすんだべなぁ。日本人の悪《わり》ぃクセだよ」

「まったぐな。――しっかし、なぁしてお父ちゃん、風呂さも入れねぇのさ、いぢいぢこったらどごさ来るって言ったんだべ。最初はハワイさ行ぐって言ったんだべ？」

「んだ。なんたかた《なにがなんでも》行ぐってきかなぐ《強情に》なってよぉ、大変だったじゃ」

そのときのことを思いだしたのか、やれやれという守男の様子にゆずるは笑った。常に和郎と一緒にいるわけではないゆずるは、和郎に振り回される家族の困惑に同情をおぼえる一方で、なんだか妙におかしみも感じるのだった。

「そやってハワイにこだわったのさ《に》、この旅館が《か》。意味わがんねぇな」

守男の同意を想定してゆずるは言ったが、

「いや、理由はあんだよ、これが」

守男は意味深に応じた。

「ん？　何よ。どったら理由よ」

からかうように聞くと、守男はポツリと、

「駆げ落ぢ」

「ハ？」

「お父ちゃんが昔、駆げ落ぢしようどした相手《あいで》が、こごさ嫁《とつ》いだんだづ」

「駆げ落ぢ？　ホントにが？」

ゆずるが風呂場に反響するほどの声をだすと、守男は「マジ、マジ」と答え、

「梅さん、おべでらべ《（おぼえてるだろ）》。梅夫さん。お父ちゃんの、幼なじみ」

「ああ。おべでら」

「その梅さんがら、ちょっと前に聞いでよ。この旅館さ今度お父ちゃん連れでぐって喋ったっきゃ、あれ、そごはあれだべ、和郎の恋人が嫁いだどごだべって。それがら駆げ落ぢの話聞いだんだ」

「へええ。お父ちゃんが、駆げ落ぢ……」

「んだ。浮いだ話なんが聞いだごどねぇあのお父ちゃんに、じつは色っぽい過去があったのよ」

「うーん」とゆずるはうなった。自分が知っている和郎の姿と、「駆け落ち」という生々しい語感がどうにもうまく重ならない。重なるのにどこかで抵抗したい自分がいるようでもあった。

「笑うべ？」うれしそうに守男が顔をほころばせる。

「いやぁ、なんつうが、信じらんねぇな」

「おらはホッとしたけどな。なんだがお父ちゃん、ターミネーターみてぇに思えるどぎがあるがらな」

「ターミネーター」ゆずるは吹きだした。

「何がターミネーターなのよ」

「いや、わがんねぇけど」と守男も笑う。

「人ば下がら見上げる目つぎどが、ながながくたばらねぇどごどがだべが」

「ハハハッ、たしかに。――それにしても、なぁして駆け落ぢだったのよ。そったらに切羽詰まった事情があったのが」

「なんだがずっと昔《むがし》、お父ちゃんの親が、相手の女の家さ金貸してけろって頼みに行ったどぎに、やだらいやな断《こど》り方《がた》されだらしくて、それがら家同士仲悪《なが》ぐなったづ」

「ふうん。そったら親の事情、どうでもいいおんたもんだけどなぁ」

「まぁ、親に逆《さが》らえねぇ時代ってやづがな」

「それで、結局《けっきょぐ》でぎながったのが、駆げ落ぢ」

「ああ。駆げ落ぢしようどした、ちょんどそのころに、大久保なんとがっていう八戸《はぢのへ》生まれの男《おどご》ど、旧満州国《こぐ》皇帝の姪だどがいう愛新覚羅なんとがっていう女が、天城山でピストルで頭《あだま》撃ぢ抜いで、心中した事件があったづ」

「八戸の男ど、皇帝の姪がが？　すげぇな。それ何年前の話よ」

「五十年以上前ったがな。お父ちゃんはまだ二十歳すぎが。そったら事件、おらもはじめで聞いだけどよ。それで八戸でもけっこうな騒ぎになって、だれがが父ちゃんの親ど、相手の親さ、二人の様子もおがしいがら気ぃつけろって喋ったんだど」

「余計なごどを。それで引ぎ離されだのが」

「まぁ、んだな。――してもな、梅さんが、お父ちゃんの親に泣いで頼まれで、仕方《しがだ》なぐ説得《せっとぐ》しに行っても、お父ちゃんなんたかた、相手の女ど一緒になるって言い張ったってよ。んでも、それがらすぐに相手は下北の親戚《しんせぎ》の家《うぢ》さ行がされて、ハァ《(もう)》会えねがったづ」

「ふーん……」

　それから和郎はどうしたのだろう、とゆずるは思った。和郎が自分の気持ちを押し通そうとしたということが意外だった。そして、さっき食堂で和郎は、四十年前に一度この旅館を訪れたと言っていた。会えなくなってからほぼ十年後に、居場所のわかったその相手に会いに来たのかもしれない。だとしたら、そのとき二人は一体どんな再会をしたのか。また、そのことを鶴子は知っているのか。

「お父ちゃんが東京さでだのは、女ど会えなぐなったがらよ。しても、それがら川崎《かわさぎ》で陸送士ば何年がやって、羽振りいがったづえ《(らしいよ)》」

「リクソウシ？」

「んだ。昔《むがし》はそういう職業《しょぐぎょう》があったのよ。新車どが、ボディばつける前の車ば、実際に運転して店どが遠ぐの工場さ運《はご》ぶ仕事《しごど》だづ。運んだら、帰りは汽車で帰ってくるってよ。だれでもやれるわげじゃねぇって、自慢げに喋ってだな」

「へええ」とまたゆずるは声を上げる。和郎が東京にでたというのは知っていたが、ただのトラックの運転手をやっていたとばかり思っていたのだ。

「それやってだどぎに、お母《か》ちゃんど見合いしたのが？」

「んだ。お母ちゃんが、お母ちゃんの叔母さんどお父ちゃんの母親ど一緒に箱根《はごね》さ旅行に行って、その帰りにお父ちゃんの部屋さ寄ったづ。(だから)だすけまぁ、旅行の名目《めいもぐ》で、はじめがら見合いさせるつもりだったんだべな」

「そんどぎが。お父ちゃんが、駅《えぎ》まで外車乗って、お母ちゃんだぢ迎《むが》えに行ったってのは」

「んだんだ。バガでっけぇアメ車のオープンカーで迎えに行ったづぇ」

「アホがっ(か)。してもお父ちゃんらしいよ、そのええかっこしいのどごが」

ゆずるは守男と一緒にげらげら笑った。その声が浴室におんおん反響した。笑いがおさまると、なんとなく二人とも無言になった。

「まぁなんだがよ」守男がつぶやく。

「つぐづぐ、あぎらめの人生だな、お父ちゃん」

「……うん」

「駆げ落ぢはまぁ、どうしようもながったどして、アメリガ行ぎも、政治家さなんのも、母親のため、家族《かぞぐ》のためって、自分がやりてぇごど、全部曲げで生ぎできたんだべ。三男なんだがら、何やってもいがったのさな。だすけ、あんべひねくれでしまったんだべな」

のぼせてきたのでゆずるは湯から上がり、浴槽のへりに腰掛け、「だがら、あれが」と言った。

「守男が好ぎだごどやるの、我慢でぎねんだべ」

「だすけよ」守男が音《ね》を上げるような声で同意する。

「自分の苦しみば、人さもびりびり押しつけようどすんだよ。い《(お前)》がも苦しめってよ。それやられるほうは、たまんねぇじゃあ。歯向がわねぇば、こっちが殺されるって」

ゆずるはただうなずく。

「こないだもよ、お父ちゃん、後藤さ、ハァ来なくていいって勝手に喋ってよ」

「あ？　後藤さんに？　なぁしてよ」

後藤というのは守男の幼なじみで、今は社員として守男のもとで働いている男だった。以前は漁師をやっていたといういかつい顔の男だが、ゆずるが挨拶すると、まるで雇い主の坊ちゃんに対するようにおどけてお辞儀つきの挨拶を返してくるのだった。

「ずっと前がら、車洗えって言ったのさ洗わねぇどが、挨拶《あいさづ》しねぇどが、目つぎ悪《わり》ぃどが、なんだかんだ文句言ってだけどよ。そんどぎもあれだぜ、使った工具ばちゃんと元《もど》さ戻しておがねぇって、たったそんだげのごどだったんで？」

「そったらごどで」

「異常だよ。わげわがんねぇよ。だれが後藤ば使ってんだって。おらだべ？　お父ちゃんの使用人じゃねぇっつうの。結局《けつきよぐ》、おらが人ば使ってんのが許せねぇのよ。自分はそったら社員なんて使わながったたってよ」

「それで、後藤さん、どやしたの《（どうしたの）》？　昨日は、いだみてぇだったけど」

「ようやぐだよ、最近出でくるようになったの。あれもあんべ見えで、傷つぎやすい男《おどご》なんだよ、中卒だってぇのば気にしてらしよ。ハァ辞めるっつうがら、なだめすかしてみだり、怒《おご》ってみだり、大変だったんで？　あれがいねぇ間は、おらが機械回して、袋《ふぐろ》詰めで、配達《はいたづ》して、それがら消防団行ったりPTA行ったり、町内会の集会さ出だり、全部ひとりでやんねぇばわがねがった。めまいしてよ、ハァぶっ倒れるがど思ったよ」

「いやぁ」と声をもらすものの、そういう苦労をせずに済むポジションにいるゆずるはうまく言葉を見つけられず、「大変だったな」としか言えない。

「それで、後藤ようやぐ出でくるようになったべ？　しても、まだ不信感が残《のご》ってんのよ。いづでも逃げられるように警戒してる猫《ねご》みったもんでよ。だすけおら、お父ちゃんさ、後藤さ挨拶しろって言ったのよ。よぐ戻ったって、一言《ひとごど》でいいがら言ってけろって」

「必要だよな」

「したっきゃ、まだガァガァ言いだすんだよ、なぁしておらがあれさ挨拶すんだ、どがなんどが。ハァーおらも頭《あだま》さきてよ、いがこの野郎、だれのせいでおらがこったに苦労してんだって、お父ちゃんの首押さえで、食堂《しょぐどう》のテーブルさ、頭打ぢつげでよ」

「…………」

「ガッツガツ、頭、打ぢつげでよ」

右腕を二、三度上げ下ろし、前屈みになってそのときの様子を再現してみせる守男は、笑ってそう繰り返したが、突然、ハッ、と裏返った甲高い声を発し、手のひらで口を覆った。

「車椅子さ座って、なんも抵抗でぎねぇお父ちゃんば、おら、力ずぐで首押さえでよ。そんどぎお父ちゃん、なんも、言えなくてな。なんも、でぎなくてな。こやって《（こうして）》、テーブルさ、手、突っ張っても、おらに、されるままでな」

守男は顔に勢いよく湯をかけ、両手で顔をゴシゴシしごいた。ゆずるは守男の背中を凝視したまま、やはり何も言えない。そのときの守男と和郎、それぞれの気持ちのことを考えていた。そして、二人の確執がそこまでの事態に発展することを想像したこともなかった自分がいかに呑気だったたか、突きつけられた気がしていた。

と、守男がふいに笑いだした。体の中のどこかが破れて、どうしようもなくもれてしまうような笑い方だった。

「しかもよ」かすれ声で守男は言った。

「そんどぎお父ちゃんが被ってだ帽子さ、なんて書いでだど思うっきゃ」

「さぁ……。わがんね」

「ハッピー・セイラーだってよ」

「ハッピー・セイラー？」

「んだ。ローマ字で、『HAPPY SAILOR』って、金の刺繍で縫ってあんだよ。セイラーって水夫だべ？　そのハッピー・セイラーって書がれだ周りば、色んた色のヨットの帆が取り巻いでてよ。万国旗《ばんこくぎ》みてぇに、やげにカラフルでよ」

守男は声にならない声で笑った。そして右手で目の周りをグイとぬぐった。そういえば、和郎が今日被っていたのもそんな帽子ではなかったかとゆずるは思いだした。

「どごが、ハッピーだのよ。息子さ頭打ぢつげられで、なぁにが、ハッピーだって？　ハハ……。どごまでよ。どごまであのオヤジ、人ば笑わせんのよ……」

守男の笑い声は、もう、ヒィという息のもれる音に変わっていた。

ゆずると守男が大浴場をでて階段を上り、ロビーを通りかかると、そこに車椅子に乗った和郎がいた。

「あれぇ、お父ちゃん、なぁしてこごさいんのよ」

ゆずるが聞くと、和郎は悠然と笑い、

「飲むべど思ってよ」

「何、飲むってが？」

「飲むのはいいったって……、どやってこごまで来たっきゃ」

守男が聞くと、和郎はなんの不思議もないという顔で答えた。

「宿の人ば、部屋さ呼んで、連れできてもらった。いがんど、風呂がら上がるのば、待ってだ」

「ここで、ずっと待ってだのが？」

「いや、ついさっき、来たどごだ。連れで来てけだ人も、誘ったんども、逃げられだ」

おどけて顔をしかめてみせる和郎を前に、ゆずると守男は顔を見合わせる。

つる草ふうの模様が彫られた木のドアを守男が開けて、ゆずるが和郎の車椅子を押して入った。風呂場で守男から聞いた話のせいで、嫌だとは言えなかった。

店内は、入った正面にカウンターがあり、左手の奥に低いテーブルが四つと、その周りをそれぞれ箱形の椅子が囲んでいた。天井には時代がかったミラーボール。ボックス席のひとつにはすでに浴衣姿の男が二人いて、この店のママとおぼしき水色の着物を着た女を相手に、身ぶりをまじえて何か話していた。

ドアについた鈴の音に気づいた女は、「いらっしゃいませぇ」と和郎たちのほうにやってきた。そして車椅子に乗った和郎に向かって腰をかがめて「まぁまぁようこそ」と言った。

婆、ではなかった。五十歳前後くらいだが、愛嬌を感じさせる大きな目と丸みをおびた肉厚の頬が、若い頃はきっと屈託のない笑顔を浮かべていただろうと想像させた。

「どうしよ、カウンターに座る？　テーブルのほうがいいが？　どんぞお好ぎだどごさ」

「お父ちゃん、カウンター無理だべ」

気を利かせたつもりでゆずるが言うと、

「だぁへば《（まさか）》」と和郎が声を荒げた。

「カウンターに、決まってらべ」

「何、カウンターってが？　いいや、お父ちゃん大丈夫だど」

心配と迷惑が半々の口ぶりで守男が聞くが、急に強情のスイッチが入ったらしく、聞く耳をもたない。

「ばがっこぁい、なんの問題があるって。カウンターだ」

「お父ちゃんさ問題がなくても、おらんどさ問題があるんだよ」

ゆずるもうんざりして言った。そのやりとりに女は笑って、

「仲《なが》がいいごど。お客《ぎやぐ》さんだぢ、親子？」

「まぁね。子どもは親、選べなくてよ」守男が答えると、

「なぁに言ってっきゃ。それぁ、こっちのセリフだ」和郎が言い返す。

「出来悪《でぎわり》ぃ息子んどばっかりで、ハア、まいるでゃ」

「そんなそんな、立派でないの。お父さんば連れで、泊まりに来たんだべ？」

女はほがらかに笑いながら軽くいさめる。和郎は口をつぐみ、女の顔をじっと見上げた。

生ビールを注文してから、ゆずるは和郎の手を前から引いて立ち上がらせた。カウンターに手をつかせ、脚の高い椅子を尻に寄せる。それでも自力で椅子に乗ることができないので、うしろから抱え上げるようにして乗せた。いつ転げ落ちてもおかしくない和郎を、ゆずるは右から、守男は左から挟むようにして座る。

突然、「バカかお前は」という大声が先客の男たちのほうから聞こえた。ゆずるが見ると、こちらを向いて座った男が、はだけた浴衣から色白で肉のたっぷりついた胸のあたりをのぞかせて笑っていた。「来年新幹線通ったって、こんなとこ、結局何も変わりゃしねぇよ」と、メニュー表か何かで前に座った男の頭をはたいている。こちらに背中を見せている痩せた男は首をすくめてうれしそうに頭をかいていた。ビジネスマンふうだが、雰囲気と言葉遣いから、二人とも地元の人間ではないとわかる。

店内には、昭和歌謡のBGM集なのか、坂本九の『上を向いて歩こう』が低くかかっていた。和郎はカウンターに上体をあずけて体を支え、左の肘をついたままジョッキを口元に持っていくという窮屈な姿勢でビールを一口飲んだ。

女はカウンターの向こうで肴の用意をしながら、

「お客さんだぢ、どっちがらいらしたんですか?」

「八戸《はちのへ》」と守男が答えた。

「まぁま、八戸がらわざわざ。訛りでそうだべがって思いましたけど」

「おらんどの訛りがわがるど」

「母が八戸でしたがら。なんとなぐ八戸が《（か）》、三沢のあだりがなって」

「へえ、お母さんが。お父さんはこっちの人なの？」

「はい。父はもう、生まれも育ぢもこごでして。というが、この旅館の跡《あど》取りですね」

そう言いながら三人の前に細く切った身欠きニシンと味噌を置き、

「でもいいですねぇ。こんなおっきい息子さんだぢど旅行できるんだがら。子どもはおっきぐなったら、親なんか見向ぎもしながっきゃ」

「いやぁ、来たくて来たわげでねぇけど」守男が苦笑する。

「まだ《（また）》そったらごど。お兄さんは、おいくつ？」

「四十五」

「四十五どいうごどは……、昭和三十九年生まれ？」

「んだ」

「東京オリンピックの年ね。東海道新幹線も開業した年。そちらは、弟《おどうと》さん？」

ゆずるがうなずく。

「弟さんの生まれは何年？」

「昭和四十五年」

「昭和四十五年は、あれよ。大阪《おおさか》の万博《ばんぱく》が開がれだ年」

「そうは言うけど、おれらはその生まれだ年の出来事《できごと》なんか、なんも知らないんだよ」

少し皮肉っぽくゆずるが言うと、女は「おべでだら大変だ」と笑い、仕上げのように和郎にも聞いた。

「せば《（それでは）》、お父さんは、何年生まれ？」

「昭和、十一《じゅういぢ》年」

「昭和十一年。うーん、十一年ってば、二・二六《ろぐ》事件があった年だったが。それどたしか、阿部定事件も」

「おいおい、やだら詳しいなぁ」守男が感心した。

「現代史でも習ってだのが？」

「いんや。昔《むがし》っから、不思議どこういうのおぼえるの、得意《とぐい》だのよ。ほがのごどはからっきしダメだのにね。役立《やぐだ》たずの才能ってやづ？」

女は笑い、和郎に向かってしみじみと語りかけた。

「じゃあお父さんは、よぐも悪ぐも今の日本形作《かだちづぐ》った昭和のど真ん中生《なが》ぎで、こんな立派にお子さんだぢを育で上げだんですねぇ」

和郎はそれには応えず、ウウンッ、と咳払いしてから、

「ママの、名前は？」と聞いた。

女は話の腰を折られて「あら、大胆だごど」と言いながら、すぐに店の名刺を三人に向かって差しだし、

「はじめまして、ヒトミです。どうぞよろしぐお願いします」

「日登美」と書かれた名刺を和郎は眺め、

「日登美が。うん、いい名前だ」

「あら、うれしいわぁ。ありがとうございます」

「なんが急に元気さなったたな、お父ちゃん」守男が不思議そうにつぶやく。

「どうせみんなさ、そったふうに喋ってんだべ」とゆずるも言った。

「やがます。人喋ってるどごさ、口《くぢ》挟むな」

さっきから妙に熱が入った和郎の様子に、ゆずると守男は和郎の背中越しに顔を見合わせた。その二人にもまったく気づかず、和郎は日登美の顔を食い入るように見つめながら、「日登美さんは、もしがして」と続けた。

「ヨシコさんの娘が？」

「あら、うぢの母をご存知なんですか？」

日登美は驚いて聞き返す。和郎はゆっくりと何度かうなずき、

「昔の、知り合いだ」とつぶやいた。「あの人が、こごさ嫁ぐ、前がらの」

「そったに昔がらの」

日登美は大きく目を見開いて和郎を見た。

「旦那さんのお名前、聞がせでもらってもいい？」

そう聞かれると、和郎は一瞬口をつぐみ、ウウンッ、と一際高い咳払いをしてから、

「和郎」と重々しく言った。

「カズオさん？」

「月館、和郎」

「ツギダデ、カズオ……」

日登美はつぶやき、少しの間記憶をたぐっていた。

「ごめんなさい。母がらは伺《うが》ってながったけれど……」

まばたきをしながら言ったが、まだ続きがあるのか和郎の顔をじぃっと見つめ、

「まさが、月館さん、母ど駆げ落ぢしようどした人？」

冗談で終わってもいいように日登美は笑っていたが、和郎はうなずきも笑いもしなかった。

「そうなんだぁ！」

日登美は目を輝かせ、驚きを鎮めるように胸に手を置いた。

「なんが、そんな気したのよ〜。男前《おどごまえ》の旦那さんの顔見でだらね、もしがしてって。わぁうれしいっ、まさが会えるどは思わながった」

少女のようにはしゃぎ、カウンターにのせていた和郎の左手を両手で包む。

「何、お母さんがら、親父のごど聞いでだのが？」

守男が身を乗りだすと、日登美はうなずき、

「わだしが結婚するどぎ、はじめでそっと教えでくれだのよ。駆げ落ぢしようどした人ど引ぎ離されで、死ぬ思いしてあぎらめるしかながったって。だがら、あんだは、『この人だ』ど思った相手《あいで》には、何があっても乗り越えで付いでいぎなさい。やらないで後悔すれば、一生夢に見る、でもあんだだぢには自由があるんだがら。やって後悔でぎる自由がいっぱいあるんだがらって」

「一生夢に見る……」守男がつぶやいた。ゆずるは、そんな自由の申し子の成れの果てがおれだと思う。和郎は表情を変えずに押し黙っていた。

「それで、わだしは突ぎ進んで、進みすぎでしまって、こうやって晴れで出戻ったんだけどね」

そう言って日登美がこだわりなく笑うと、

「ヨシコさんは、げ、元気だべが」

和郎がぼそりと言った。はじめからそれを聞きたかったようだ。日登美は「あ」と小さく口を開き、ふいに笑いをおさめて和郎を見た。

「母は、一昨年死にまして」

「死んだ……?」

「ハイ。お腹《なが》にあった動脈瘤が破裂して、救急車で運《はこ》ばれで、すぐでした」

和郎は呼吸を止めたように身動きしない。だがすぐに何度もうなずくようにしながら、「そうが」とつぶやいた。「死んだが」

その物思いに沈んだ横顔をゆずるは見る。守男も眉間に険しいシワを刻んで和郎を見ていた。

「すんませーん、ママァ、氷」

奥の席から痩せた男のほうがカウンターに向かって声をかけた。まだまだ話し足りなそうにしながら日登美は「はぁい」と応え、急いでアイスピックで氷を割りはじめる。ドアの鈴が鳴り、スーツ姿の男が三人入ってきた。「遅いよ」と奥から不満げなダミ声を上げた浴衣の男に、五十代ほどと思われる三人とも「どうもすみません」「お待たせしまして」などと口々に詫びながら頭を下げる。

和郎たちのうしろを通って先客の二人のほうに行く途中、一人が壁際にたたんで置いていた車椅子に足をひっかけ、「だれだよ」と、低い声だが、あきらかに聞こえよがしに言った。ゆずるはその頭頂が薄くなった男の背中を目で追った。

「せば……、歌《うだ》うが」

大きく息をついたあと、守男が気を取り直すように言った。和郎を少しそっとしておいてやろうと思ったようだ。奥の席に氷とおしぼりを置いて戻ってきた日登美に、カラオケで沢田研二の『AMAPOLA』を入れてくれと頼む。ほかにだれも入れていなかったのですぐに曲がかかると、マイクを握った守男はカウンターの奥の壁に設置されたモニターを見ながら情感たっぷりに歌った。マイクなんかなくてもいいくらいの大声だった。

はじめは英語だった歌詞は、後半になって日本語に変わる。モニターに流れる、過去の甘く切ない恋を回想する歌詞を、和郎はじっと見つめている。感傷的になっているのかどうかはわからない。しかし、ゆずるには、こんなふうにひとりの男としての孤独な存在感を放っている和郎を見るのははじめてのように感じられた。近くにあったカラオケの選曲用の本を引き寄せ、

「お父ちゃんも歌《うだ》うど」と聞いてみた。

試しに聞いてみたのだが、和郎は断るでもなく本の表紙に視線を落とす。ゆずるはページをめくって見せながら、

「歌うが？　何歌う。『釜山《プサン》港へ帰れ』いぐが？」

以前、和郎が東京に出てきたとき、それを歌っていたのをゆずるはおぼえていた。

そのとき和郎は、商工会議所の研修旅行で上京してきたのだった。夜になって和郎が泊まる浅草のホテルまで会いに行くと、これからみんなで飲みに行くから一緒に来ないかという。気乗りはしなかったものの、裏道にあったスナックに珍しくついていった。ほの暗い店内を、南部弁丸だしの和郎ら十人くらいの男たちが埋める。気配りこまやかなホステスたちは韓国人やフィリピン人など外国人がほとんどだった。そこでゆずるは、田舎者だが個人商店や中小企業の社長といっ

た人生経験豊富な大人たちと自分との差というものを見せつけられた。女を笑わせるのがうまい男がいた。ハングルの歌詞を流麗に歌いこなす男がいた。和郎もそこでは見たことのない生彩を放っていて、オヤジたちと冗談を交わし、ママをからかい、そして堂に入った歌いっぷりでカラオケを歌った。ゆずるに向かってママは「お父さんは、男性としてとっても素敵よ」と、お世辞ばかりではない口ぶりで和郎をほめた。遊ぶということを知らないゆずるにはどこにも出る幕はなかった。こういう大人の男たちの世界もあるんだと、敗北感とともに妙に感心した。そのとき和郎が歌ったのが『釜山港へ帰れ』だった。

「どうする、これでいいが？」

ためらってはいるが気持ちは動いているようだと見たゆずるは、もう一度聞いた。和郎は曲名でびっしり埋まったページを見つめたまま、小さくうなずく。ゆずるは日登美に曲のナンバーを伝えた。

守男が歌い終わり、日登美とゆずるが拍手をした。守男は役目を果たしたというようにビールをグイグイ飲む。少しの間があって、悲哀を帯びた曲がかかるだろうという予想を裏切って、かなり激しい調子の前奏がかかった。

「何、お父ちゃん歌うのが」

意外だという顔で守男が言い、でも和郎が歌うのがうれしいのか、「いよっ、和郎っ！」とかけ声を放った。奥の席で地図のようなものを広げて話し込んでいた男たちがゆずるたちのほうに一斉に顔を向ける。和郎は左肘で上体を支えながらマイクを握り、モニターを見上げて歌いだした。ゆずると守男は手拍子を打った。

前ほどではなくても多少は歌えるだろう、とゆずるは思っていた。和郎もそのつもりのように見えた。しかし、咳払いして勢い込んで歌いだしたものの、出だしから舌が回らなかった。言葉が追いつかないうちにどんどん曲は進み、モニターの歌詞も変わった。サビの部分で大声を出して乗り切ろうとしたが、かえって調子外れなものになってしまった。

「和郎っ、がんばれ！」

「大丈夫大丈夫、がんばって！」

守男と日登美の声援を受けたが、和郎はマイクを握ったまま、「わがねぇ《（だめだ）》」とつぶやき、歌うのをやめた。その沈黙にだれも声をかけられなかった。和郎は口元にあきらめのちいさな笑いを浮かべたまま、錆びついた船が停泊しているどこかの港が映ったモニターを見上げていた。それにおかまいなしにまだ演奏は続いていた。

きっと伝えてよ　カモメさん
今も信じて　耐えてる私を
トラワヨ　プサンハンへ
逢いたい　あなた

歌詞を見ていたゆずるは、ふいに思いきり泣きたい衝動に駆られた。和郎たち親の世代が好む歌に感情が動くことなどこれまでなかったのに、なぜか、歌詞とメロディーがわけもなく身にしみてどうしようもなかった。そんな自分をなんなんだと訝しく感じながら、この田舎の片隅で、東京から見れば〝地方〟とひとくくりに呼ばれている場所で、こんなふうに喜怒哀楽の時間が流れていることをこれまでおれは想像したことがあっただろうかとも考えていた。おれはどこかで、東京に流れている時間だけが〝標準〟で、地方の時間や暮らしは遅れているとるに足りないものだと思っていなかったか……?

その気づきには何かすごく重要なものが潜んでいるように感じはしても、それが何なのかつかみきれずに続きの歌詞を見つめていると、奥の席から「貧しいんだよ」という嘲笑をふくんだ大声が聞こえた。モニターに映る歌詞はゆずるの頭の中で自分の声に変換されていたのだが、その声に男のダミ声が無遠慮に重なっていく。

あついその胸に
　カネさえちらつかせりゃ
顔うずめて

すぐ飛びついてくる
も一度倖せ
そうだよ、ここの奴らは
かみしめたいのよ
背に腹替えられねぇのよ
トラワヨ
だから原発だ再処理工場だ
プサンハンへ
こんなにあるんじゃねぇか
逢いたい　あなた
何だって持ってこれるよ

せっかくの大切な気分を滅茶苦茶にされてゆずるが頭にきていると、

「おーい、やめやめ。ストップ。ママ、歌わないんだったら、止めろよ」

奥の席から、大声とともにパンパン手を叩く音が響いた。見ると、浴衣をはだけた男が座ったまま片手を振っていた。

「こっちは今、大事な話してんだからさぁ。さっさと止めてくんない？」

日登美は眉をひそめ、「そんな……、」と言った。

「今、こちらのお客さん、一所懸命、歌おうどしてだんですから」

すると男は、素直に驚いたというように目を見開き、

「え？　歌ってたの？　今の歌だったの？　そう、あれが？　でもさぁ、困るんだよな、そんな変わった歌い方されるとさぁ。こっちまで調子狂うじゃない」

顔をしかめて男が言うと、だれかが「でっかいあくびみたいだった」と続けた。

すぐに男たちから失笑が沸いた。

え、なんなんだこいつら。なんでこんな偉そうにできるんだ。そうゆずるが思うより早く、

「変わった歌《うた》い方《かた》って、何よ」

守男の低い声がもれた。カウンターに両肘をついていたが、背中を丸め、頭を

斜めに傾けて男たちのほうを向いていた。

「変わった歌い方って、何よ。あ？　おめぇ、だれさ向がってそったごど喋ってっきゃ」

「いや、思ったことを言っただけでしょ。この店にはあんたらだけいるんじゃないんだからさ、おれらだってカネ払ってここにいるわけだから。カラオケするのはいいですよ、あなたみたいに大声で歌うのも我慢しますよ。でもさぁ、歌えないなら、もうちょっと、周りに配慮してもらわないと」

「おーう、配慮ってが。よぐ言ったなぁ。おらの親父の歌が、公《おおやけ》の場で配慮しねぇばわがねってのが。そったらに騒音だど。猥褻物《わいせつぶつ》でも陳列《ちんれつ》したど。口《くち》回らなぐなった親父の歌い方が、そったらに変な歌い方だどっ！」

　言っているうちに激高してきたのか、最後には守男は椅子から下りて仁王立ちになった。あ、やばいとゆずるは思うが、加勢するにしても止めに入るにしても、支えている和郎の体から離れるわけにいかなかった。

「いがんど何様だこの野郎。おらの親父ば、だれだど思ってなめだ口聞いでんだ？」

「いやいや」と浴衣の男は、守男の剣幕にいくらか気圧されたように笑った。しかしこういうことには慣れているのか、引き下がらずに「知らないから」と言った。

「だれですか、あなたのお父さんは」

平然と言われて、守男はグッと言葉につまった。

「教えてくださいよ。だれですか。どんなに偉いお方なんですか？」

「……親父だ」

「ハ？」

「おらの、親父だ」

「それは聞きましたよ」

せせら笑う男の態度に反応するよりも、守男は和郎を説明する言葉を探すのに懸命だった。背後の和郎を顎《おとご》で示し、「この男はな」と低く声を吐きだす。

「この男は、人のためばっかりに、生ぎできた男なんだ。人の気持ぢばり優先して、自分のごどばみんなあぎらめで、そんで……。いいどごばりじゃねぇけど、自分勝手も甚だしいけど、そんでも、おらんど家族《かぞぐ》、食わせるために……、」

言葉が途切れた。言いながら感極まったらしかった。仁王立ちのまま、肩を上下させて息をついている。その様子をじっと眺めていた相手の男は、また聞こえよがしに「ハイ?」と言った。

「それで」抗うように守男はうめいた。声が裏返っていた。

「それで、片足《かだあし》なぐして、」

ズッ、と鼻を鳴らし、浴衣の袖で苛立たしげに顔をぬぐった。もうそれ以上、何も言えなくなった。カラオケが終わってまた低くBGMのかかっている店内が、一瞬、守男の小さな吐息しか聞こえない静寂に包まれる。

「まぁ、なんの泣かせ所かよくわかんないんだけど、お兄さん」

男は片手で頬をさすりながら守男を見上げ、勝者の余裕に満ちた口ぶりで言った。

「とりあえず、標準語で喋ってくれる? でないと何言ってんのか、余計おれら、わかんねぇよ」

「なんだこの……」

鼻声で守男がつぶやき、体がぐらりと男のほうに動きだしたとき、

「おい、〝標準〟ってなんだよ、あ？　どごのだれが勝手に〝標準〟なんてもん決めだんだ？」

ゆずるがいきなり大声を張り上げた。

「おらはそったもん認めでねぇぞ、言葉にヒョージュンだなんだあってたまるがよ。あえで標準語ってへる《（言う）》んだば、おらんどの標準語は南部弁だの津軽弁だ、いや、南部語に津軽語だ。いがんど《（お前ら）》ぁ、まだ《（また）》こごさ迷惑施設《めいわぐしせづ》ば持ぢ込もうどしてんのがもしんねぇけど、こごさ来たら、いがんどこそおらんどの標準語ば喋れよクソ野郎！」

何を言わんとしているのか、その真意は男たちにはほとんど通じていなかったが、それだけにゆずるの豹変ぶりが異常なものに映ったようだった。怒鳴った勢いのまま、カウンターに並べてあったバーボンのボトルをつかんで浴衣をはだけ

た男のほうに歩いていくと、後から来たスーツの男たちは立ち上がって後ずさり、頭頂が薄い男はあわてたせいで椅子の肘掛けにつんのめって背中から床に転倒した。浴衣をはだけた男は座ったままゆずるを見上げ、「なんだ、何すんだ」とかすれ声をだした。ゆずるはその目を直視したまま、

「今度は何持ってくんだ、あ？　核爆弾《かくばくだん》が？　遺伝子組み換え作物《さくもつ》が？」

そう言うなり、手にしたフォアローゼスのボトルを自分の頭に打ちつけた。ゴッ、という鈍い音が耳元と脳内に響く。いっそ割れることを期待していた。ボトルは割れなかった。

「何持ってくんだ？」

もう一度、さらにつよく打ちつけた。頭蓋がきしみ、視界に一瞬、閃光が走った。歯を食い縛り、目を剝いて痛みにこらえる表情を男に見せつけながら、「責任《せきにん》とれよ」とうめいた。

「なんだって持って来いじゃ。してもな、それでなんがあったら、いがんどの子々孫々まで責任とらせるがらな」

ほんとうのところ、男たちが実際何をしに来たのかはわからなかった。しかし、たとえ八つあたりのようなものだったとしても、〝標準〟への反発からほとばしりでた感情の暴発を、ゆずるは止めることができなかったのである。その意味不明の行動に男はさすがにひるんだようだったが、殴られる心配はなさそうだと思ったのだろう、「バッカじゃねぇの？　一生やってろよ」と吐き捨てることは忘れなかった。「おれらはお前らのために来てやってんだよ」。男の憎まれ口にゆずるが反応するよりも早く守男が駆け寄り、男の浴衣の襟を両手でつかんで力ずくで立ち上がらせようとした。そのときだった。

「守男、ゆずる、やめろ」

和郎が言った。なぜか持っていたマイクごしに言ったので、やや間抜けにエコーがかかった声が店内に大きく反響した。自分たちを叱る言葉が続くとゆずるは思ったが、

「ハァやめろ。そったら腐れ者、いぢいぢ、相手《あいで》にすな」

そして、どこか笑いを含んだのんびりした口調で続けた。

「ツラァ、見ればわがる。それんどぁ、人ば食い物にするごどしか考えねぇ、ゴミだ」

スピーカーから託宣のごとく響いた言葉に、浴衣の男と周りに突っ立った男たちは一瞬呆気にとられ、何も言い返せなかった。

和郎も守男も、それぞれのベッドでぐっすりと寝入っている。和郎が時々、吐息のついでにウウンッ、と喉を鳴らす音と、守男の軽いいびきの音だけが聞こえていた。隅々まで浸透した影と、窓際だけにつけた照明の光が混じり合う部屋の中は、ほの暗かった。

和郎の指摘が図星だったのか、急にむっつり黙り込んだ男たちが帰ったあとで日登美が話したことによれば、あの男たちはどうやら、人が住んでない土地を買い占める算段をしていたらしい。「まだろぐ《(また)》でもねぇもん持ってくんだべがね」と日登美は笑っていた。それから少し飲み直してからスナックを出たゆずるたち三人は、凱旋パレードのように意気揚々と部屋に戻ってきたのだった。一番興奮していたのは守男だった。「いやぁ、お父ちゃんよぐ言ったよ、スカッとしたじゃ」と何度も繰り返し、『腐れ者』って、いいなぁ。おらも今度使うべ」と、和郎が言ったフレーズにしきりに感心していた。「しっかし、ゆずるよ、なぁして頭《あだま》ぶん殴ったっきゃ」と言う守男に、まだズキズキする痛みを抱えたゆずるは「いや、おらもよぐわがんねぇけど」と応じ、二人で大笑いした。その二人を見上げている和郎は口元に笑みを浮かべているだけで、こんなこと、とりたてて別にどうということもない、といったふうだった。

和郎と守男が寝たあとで、掛け布団をかけられてベッドに様変わりしたソファーベッドに座り、ゆずるは黒助にミルクを与え、尿をさせていた。すると、黒助がちょっと苦しげに、クゥッ、と声をもらした。もしやと思ってのぞき込むと、尾の下から、薄いマスタード色の便が顔を出すところだった。あわてて黒助の肛門の周りをティッシュで軽く叩く。そうしないと、せっかく出そうになった便が引っ込むこともあるからだ。

黒助は体をまっすぐに伸ばしていきんでいる。硬そうだったが、それでも三センチほどの便が二つ出て、太ももに敷いたティッシュの上に転がった。黒助の体の大きさからすればかなりの量だ。まだ残っているかもしれなかったが、とりあえずちゃんと出たことにゆずるは心からホッとした。

「ああ、いっぱい出たねぇ、よかったねぇ」

黒助を抱き上げ、頬ずりして東京の部屋にいるときと同じ口調で声をかける。黒助も便が出ない不快さがなくなって放心したらしく、バッグに敷いたタオルに寝かされてなでられているうちに、すぐ眠りに落ちた。その小さな生き物のぬくもりを指に感じながら、ゆずるは、部屋に戻ってきてから和郎が話したことを思いだしていた。

四十年前、つまり駆け落ちしようとした相手と引き離されて十年後に、和郎はその相手に会いに、嫁ぎ先のこの旅館に来た。そのとき二人はどんな再会をしたのかと、スナックでの話が一段落したあとで、ゆずるがからかうように聞いたのだ。さぞ劇的な再会の場面があったのだろうと。すると和郎は、

「会えねがった」とぼそりと答えたのだった。

「仲居が部屋さ、手紙、持ってきた。もう、自分は、あのどぎ死んでまった。だがら、いないものど思って、あぎらめで、帰ってけろって。わだしも、あんだが、死んだど思って、生ぎでぐって。そう、書いで寄越《よご》した」

ゆずるも守男も、黙って和郎を見ていた。和郎は静かに笑いながら、

「女《おなご》は強《つえ》ぇな」とつぶやいた。

部屋には相変わらず守男のいびきの音が聞こえている。大きなあくびがでて、もう寝ようとゆずるが掛け布団をめくって横になったときだった。和郎がウーン、と唸った。

それは今まで聞いたことがないくらいやけに大きな唸り声で、何かの病気の前触れかと、体を起こして和郎のほうに目を凝らす。と、眠ったままの和郎の顔に、痣に似た小さな黒いものが三つできているように見えた。錯覚ではないようだった。なんだ？　と思い、ベッドをでて近くまで寄ってみる。暗がりのせいで、見たこともないのに死斑かと思ったのだ。

その黒い点々はゆっくりと移動していた。うっと体を緊張させてさらに顔を近

づけて見ると、それは体長二センチほどのカメムシだった。どこから来て、いつの間にとまったのか、こめかみと頬とアゴにカメムシが一匹ずつとまっていたのだ。

ティッシュで取ってはいけないと仲居に言われたことが思いだされ、でも今顔の上で動いているのだからすぐに取ったほうがいいのではとも考え直して、どうするかと躊躇していると、和郎がまたウーンッ、と唸り、左腕を上げて宙を払うように動かした。そして、

「落ぢる」とうめいた。

えっ？　と思い、反射的に天井を見上げると、

「物干し、落ぢる」

そうはっきりと和郎が言った。そのときゆずるは、一瞬、大小の星が無数にまたたく夜空から、宇宙船ほどの巨大な物干し竿が、ものすごい勢いで自分たちに向かって落ちてくるのを見た気がした。

翌日、フロントで会計を済ませて三人が旅館の外にでると、駐車場の上には薄青く煙った空が広がっていた。ゆずるは思わず立ち止まり、空を見上げる。もちろんそこに何かが見えるはずもなかったが、昨夜の殴られたような風圧の感触はまだ額に残っていた。視線を下ろすと、澄んだ空気の中で、向かいの山の紅葉が内側から光るように一際鮮やかな発色を見せていた。下のほうからは相変わらず川のせせらぎが聞こえてくる。

見送りに出てきた仲居に、写真を撮ってくれと和郎が頼んだ。守男が和郎のカメラを渡し、旅館の玄関を背にして三人並んだところを撮ってもらった。

車の近くまで来たところで、帰りの車中で黒助のミルクを温めるためのお湯がないとゆずるは気づく。「ちょっと、待っててけろ」と言って、ゆずるは黒助の入ったバッグを和郎の膝の上に預け、ポットを持って走って旅館に戻った。

フロントでお湯をもらってくると、まだ車に入らずにいた和郎が、左手の上に灰色の毛玉そのもののような黒助を乗せ、妙にまじまじと見下ろしていた。守男が笑ってその和郎と黒助を眺めていたが、そのときなぜかゆずるには、小さな丸いサングラスみたいな目を見開いて頭をもたげた黒助が、生き物とは別の妖しい何かに見えたのだった。

「んだら、帰るが」

守男が言った。聞こえなかったのか、「HAPPY SAILOR」と刺繍された紺の帽子を被った和郎は、黒助を見下ろしたまま何も答えなかった。

「お父ちゃん、帰るよ」

ゆずるは守男にかわって声をかけた。そして、わざと続けて聞いてみた。

「ハァ、気ぃ晴れだべせ《だろ》」

すると、和郎は急に顔を上げ、挑むように口元を歪めて、

「だぁへば」

と、吐き捨てるように言った。

突風

祖母の状態が危ういと郷里の母から連絡があったとき、おれは三十階建てのビルの屋上につうじる非常階段の踊り場で、昼食後の仮眠をとろうとしていたところだった。東京都内にある高層ビルの窓ガラス清掃。芝居では食えないからとはじめた副業が、今では本業になっていた。もう十年以上やっている、が、その日は現場責任者の代行をまかされて、午前中いっぱい慣れないゴンドラの操作に神経を張りつめていたから疲れがでていた。

作業員五名はおれをふくめて全員四十越えのおっさんたちである。ひとりは入ったばかりの六十代。作業がはかどらないうえに危なっかしくて目が離せない。本来のここの責任者である二十代の古谷と副責任者の川島は、かつては「自衛隊」という名前だった「日本国防軍」への登録手続きに行っていた。政府のやつらは「国防ヘルパー登録制度」なんてぬかしてるが、ただの徴兵制度だ。

一昨年、憲法改正の是非を問う三度目の国民投票が行なわれた。そこでついに賛成が多数を得てから、一気に事態が進んでこうなっている。作業員の中心を占める二十代三十代のやつらが全員、一日がかりで身体検査と国防軍についての説明を受ける登録手続きに行くようになったから、若手がいない現場が増えるようになった。「兵役なんて冗談じゃないですよ、おれ逃げますよ」と言うやつもいれば、案外嬉々として受け入れているやつもいた。「これってつまり、国のお墨付きで銃をぶっ放せるってことでしょ？　最高じゃないっスか！」

おれの甥である大輝《だいき》もすでに行ったと、実家の精米所を継いでいる三歳上の兄の広大《こうだい》から聞かされていた。即時入営できるA種合格。もう来年から、二年間の兵役につくのだという。それでも世の中は、これまでと何ひとつ変わらないかのように動いていた。政府を批判する言動をしていた者が、なんらかの口実をつけられて突然逮捕される。それでなくても仕事を失う、あるいは不穏な危険人物だと通報される。そうした事態が身の回りで頻発するうちに、マスコミをはじめ、もはやだれも、何も言わなくなった。最悪だ。だがもっと最悪なのは、かつての原発事故以来なんにでも「慣れる」ことが習い性になったおれたちが、そうした状況さえすでに「日常」として受け入れようとしていることだった。

夏を思わせる外の陽気に反して、踊り場の床の冷たさが体にしみてくる。何も考えずに寝なければと思うのに、なんでこうなったのかという問いが頭にこびりついて離れなかった。すると、その問いはやがて、お前は今まで何をやってきたのかという詰問に変わった。

役者として名をはせるという夢をあきらめ悪く追いつづけ、やっぱり無理だったと気がついたときには転職可能な年齢をとうに過ぎ、家庭もつくらず、貯金もなく、日雇いみたいな窓拭きで日々をしのいでいる。与えられた自由がいつまでもあると勘違いしてただただムダに食いつぶし、結果お前は、なんの抵抗らしい抵抗もしないまま、その自由をみすみす明け渡してしまったのか。一体お前は、今まで何をやってきたのか、と。

ふいに体に震えが走り、おれは腕を組んで体を丸める。うるせぇ、うるせぇよときつく目を閉じる。ムダに生きるのだって権利のうちだろ、ほっといてくれ、と心のなかで叫ぶ。

耳元に置いた携帯電話の振動音が聞こえたのはそのときだった。画面には母の名前が表示されていた。

「おンばさん、昨日《きなあ》の晩《ばげ》がら急に具合悪ぐなってエ。先生の話だば、今晩がヤマでねぇがって。あんだ、先週来たばりだんども、来られるが？ 仕《し》事《ごと》あんだべ？」

仕事なんか、ほかのじいさんが代わりにやればいいだけだ。今夜の新幹線で帰ると告げて電話を切ってから、祖母の容態の急変ぶりにおれは驚いていた。一週間前、末期の大腸癌が見つかって検査を受けた祖母を見舞いに帰ったときは、多少はボケていても、いつもの祖母らしくにこにこ笑って受け答えしていたのだ。

「よぐ来たよぐ来た」

あのとき祖母は、おれが東京から帰省すれば必ずそう言って出迎えるようにおれを迎えた。髪に寝癖をつけ、家では見ることのなかった浴衣姿のせいでいかにも病人といった印象だったけれど、やつれているようには見えなかった。

「おンばさん、元気だど」

そう声をかけたおれに、病室のベッドの上で体を起こした祖母は「元気

だ元気だ」と何度もうなずき、おだやかに笑って、

「やいや。おら、いづまで生ぎんだが」

「百《ひやぐ》までせ」ベッドのそばに座っていた母が言った。

「え?」

「あんだは百まで生ぎるのせ」

「なんも喋んなって?」

「いやいや、百まで生ぎるのせって」

「ああ、ほうがほうが」

納得したように笑い、自慢げにおれに笑いかけ、

「おらハァ百さなったんで?」

母があきれて笑いながら、

「いいや、おンばさん、まだ百さなってながべな」

「え?」

「百さなってながべなって」

「なんも喋んなって？」

「いや……」

また同じくり返しになりかけて、母もおれも笑った。祖母も一緒になって笑っていた。

六月二七日の朝の八時二分。朝まで祖母に付き添っていた妹の真央と交替して、おれはひとりで祖母のベッドのそばに腰かけている。母から危篤の報せを受けてから、もう四日もたっていた。

自動車販売会社の社長秘書をやっている真央は、そのまま仕事にでるという。一緒に徹夜した広大も母も、昼くらいにまた来ると言って家に帰っていった。母はおれが来る一週間前からずっと泊まり込んでいたから、少しでも休んだほうがいいとおれたちが帰宅を勧めたのだった。母は祖母の長女だ。

祖母は今、鼻と口を覆うように酸素マスクをあてがわれ、浅く速い呼吸で胸を波打たせている。ベッドの左側、おれが座っているほうの手すりの下には、「鹿野カツ様」とマジックで名前が書かれた透明な袋がかかっていた。祖母の体から伸びている太い管を通して、濃い黄色の尿がその袋に四分の一ほどたまっている。ほかにも輸液用、輸血用、心電図をモニターするためといった様々な管が祖母の体にとりついていた。

ゴムの氷枕をしていた。元気なときは額をだすようにうしろになでつけていた、まだ黒髪のわずかに残る頭髪は乱れ、むくんだ頬に酸素マスクのヒモが食い込んでいる。息を吸いこむたびに下顎が上がり、吐くときには痰がからむ音がまじった。母から電話が入った日、最終の新幹線でやって来たときにはまだ腹で力強く呼吸していたのが、やがて胸だけを使った呼吸となり、それも目に見えて弱々しくなっている。なのに、ベッド脇に置かれたモニターには心拍数が百六十前後と表示されていた。鼓動に合わせて点滅する♡マークが高速の点滅をくり返している。あまり気が利くとはいえない若い女の看護師が言うには、これは常に全力疾走している状態なのだそうだ。祖母は、目には見えない急な坂をひとりで駆け上がろうとしていた。

仮眠はしても寝足りない頭のなかを、はじめのうち一度だけ、祖母と意思の疎通ができたかと思われたときの光景が流れていく。

「おンばさん、苦しいが？」

目を閉じたまま、首を横に振るように見えた。

「だいじょぶだが？」

今度は小刻みにうなずくように見えた。こんなときにも彼女は、人に心配をかけないようにするのだった。だからなのか。こうやって息も絶え絶えであるはずの彼女の表情も、どこかしらおだやかに見えてくる。

おれは病室の開いたままのドアから廊下のほうをうかがった。二十四時間、三十分おきにやってくる血圧測定にはまだ時間がある。

　小柄な祖母と手前の手すりの間には、なんとか人ひとりが横になれそうなスペースが空いている。おれは靴を脱いでそっとベッドに上がり、そのスペースに体を縮めて横になった。四十七歳の男が、九十八歳の婆さんの隣りで添い寝する。破れたふいごからもれる音のような祖母の呼吸音が耳元で聞こえる。

　孫だからという以外の理由らしい理由もなく、ただただかわいがるという祖母の愛情に、おれは一体どれだけ支えられてきたのだろう。おれが東京から帰郷すると、祖母は「おらの部屋で寝ろじゃ」と言うのだった。おれが学生だった二十代のころも、四十代に入ってからも。「なぁんも、取って食ったりしねぇがら」と。おれはそれを毎回笑って固辞した。祖母はまぎれもなくお婆さんとはいえ、女は女ではないかというなんともいえない恥ずかしさがあったからだ。しかし、祖母の申し出を断ったあとの、寂しい思いをさせただろうかという後味の悪さはずっと胸に残っていた。祖母の手にふれる。冷たく小ぶりな、骨張った手だった。軽く握っても、握り返してはこない。

天井を見上げ、祖母の生きてきた時間を思う。彼女は二十代半ばで、夫——おれの祖父を戦争で失っていた。アメリカ軍の猛攻撃を受けた硫黄島で戦死したということで、遺骨はもどらなかった。だからおれは、クリント・イーストウッドの映画『硫黄島からの手紙』を心穏やかに観ることができない。硫黄島がアメリカ軍の苛烈な艦砲射撃を受ける場面を観るたびに、会ったことのない祖父を思い、「ああ、じいちゃん！」と叫びたくなった。

ひとりになった祖母は、三人の娘を食べさせるために祖父がはじめた精米業を継ぎ、精米機の使い方を人に教えてもらいながら昼も夜も働いたという。十年間ひとりで切り盛りし、家業を大きくするためには男手が必要ということもあって、再婚した。二人目の夫は戦争帰りの寡黙な男だった。家族に「とっちゃ《お父さん》」と呼ばれていたその人と、おれは話をした記憶がない。唯一記憶に残っているのは、おれが小学生になったかならないかくらいに起きた出来事だ。とっちゃは家の庭で遊んでいたおれとおれの友だちを呼んで、火のついた爆竹を片手で握り、手のなかで破裂させた。痛がるふうはまったくなく、驚くおれらをにやりと笑って見下ろしていた顔の影は今もおぼろにおぼえている。そのとっちゃは、数年後に米を保管する倉庫で首を吊って死んだ。梁からぶら下がったとっちゃを最初に見つけたのは、祖母だった。

とっちゃが死んだ理由はよくわからない。脳卒中で倒れ、体に後遺症を抱えたことを苦にしたのではないかともいわれる。しかし、そこに戦争の後遺症を付け加えるのは、考えすぎだろうか。

戦争。忘れられた過去のはずだったその「戦争」が、もはや逃れることのできないものとしておれたちの眼前に迫ってきた。頭が破裂したように割れて、頭蓋骨の内側をすっかりあらわにした子ども。その子に泣きわめくように呼びかけている男。砂浜でうつぶせに倒れた子どもの脚は、ありえないかたちに付け根から頭のほうへ折れ曲がっていた。以前、フェイスブックの海外記事で見た、あってはならない悲惨が国家の名のもとに引き起こされる戦争に、またもやこの日本が加担する。それこそが国の「誇り」だと、「国益」になるのだとほざく政治家どもの口車にのせられて。

そういえばおれは、祖母に戦争当時のことをたずねたことはなく、祖母からも聞かされたことはなかった。もしおれが、おれらみんながちゃんと爺さん婆さんたちから当時の話を聞いていたら、こんな状況にはならなかっただろうか。……だがもう、手遅れだ。

おれは祖母のほうに向き直り、目をつむった。

――おンばさん。ちょこっと、一緒に寝るびゃ。

モニターがひっきりなしにアラーム音を鳴らすようになっていた。遠くで鳴っている救急車のサイレンを早回ししたような、少しくぐもったせわしない音だ。アラーム音を中断する操作をしても、すぐにまた鳴りはじめる。鳴るたびに、モニターの上についたランプが赤く点灯した。「ＲＵＮ」「ＶＴ」「ＳＬＯＷ ＶＴ」「ＶＦ」。よくはわからないが、どうやらいろいろな不整脈のオンパレードらしい。助かる見込みのある患者であれば一大事だけれど、おれたちも医者も、ただ見守るだけになっている。それでも祖母は走りつづけていた。

五日目の夜九時すぎ、兄の広大が、病室にピンク色のビーチマットを持ち込んできた。空気でふくらますビニール製のやつだ。おれがあきれて、

「何持ってきてっきゃ」と言うと、

「いや、仕方《しがだ》ながべな。こごの床《ゆが》、かでんだおん（固いんだもの）」

まだまだ祖母は死なないと見込んだのだろう、広大はビーチマットのほかにも、ベビーサラミだの柿の種だの裂きいかだの、自分が好きなつまみを買い込んでいた。

ちいさな吹き込み口に口をつけ、ぷうぷうと空気を入れる音が病室に響く。おれと母は、顔を赤くして必死で空気を入れようとしている広大を笑いながら見ていた。

「いぃやっ、頭《あだま》さくる、入っていがねぇじゃ。ポンプでねぇばわがねぇじゃ（ダメだ）」

「そりゃそうだべ」

しばらく粘ったものの結局あきらめ、広大は中途半端にふくらんだマットに寝そべって裂きいかを口に入れた。そうしているうちに真央が「差し入れ」と言っていなり寿司の折詰を持ってきて、いよいよ室内ピクニックの雰囲気になった。

アラーム音が鳴りつづけるなかで、早めの夜食としていなり寿司をつまんだ。だれからともなく、祖母の思い出話になる。

「おらんどが外《そど》がら帰れば、おンばさん、きなご餅《もぢ》つぐってけだったなぁ。あれぁ、んまがった」

「んだね。水でうるがした《（潤した）》鏡餅ば、フライパンさ油ひいで、カリッと裏《うら》表《おもで》焼いでね。それがら砂糖混ぜだきなごまぶして」

「つぐったやづば、炬燵《こだつ》のながであったためでおいでけだったな」

「んだった。ああ、まだ食ってぇなぁ」

それからおれたち孫三人は、祖母がよく食べていた、ヒゲ根がたくさんついたちいさな山芋のようなものはなんだったのかを言い合った。鍋で煮た謎のそれを、祖母は果物ナイフでヒゲ根と薄皮をこそいでうまそうに食べていて、「食うが?」と言われておれも食べたことがある。だが、漢方みたいなひどい苦みに閉口して、二度と食べようとは思わなかった。

「そりゃ、『とごろ』せ」と母が言った。

「とごろ?」広大が首をかしげる。

「んだ。おンばさん、苦《にげ》ぇほどうめぇって喋ってらった。今も、道《みぢ》の駅《えぎ》で売ってらよ」

「あった。『とごろ』じゃなくて、『ところ』ね」

iPhoneで調べていた真央が言った。

「漢字は、野っ原の『野』に『老人』の『老』ど書いで、『ところ』って読むんだづ。ヤマノイモ科のつる性多年草。飢饉のどぎも食べられだって」

「へええ、はじめで聞いだじゃ」

またアラーム音が鳴っている。止めてもまた鳴るとは承知しながら、おれはアラーム音を切った。祖母の食べものの話に一段落つくと、母がぽつぽつ話しはじめた。

「まんだこんべなる前に、『おンばさん、あんだ、大したもんだな』ってわだし喋ったのエ。『たまに埒《らぢ》なぐなっても、いって《(決して)》、人のごどば悪ぐ言わながったな』って。したっきゃおンばさん、『人ば悪ぐ言えば、自分が苦しぐなるもんなんだ。おらちっせぇどぎがら、そんべ感じで生ぎできたんだ』って、喋ったった。まんずよぐ、『感謝、感謝』って言ってだ人だな。人ばほめで、育てる人だった」

たしかにそうだった。夫ふたりに死なれ、三女も交通事故で失った悲痛の果てにたどりついた境地なのか、祖母はよく「感謝、感謝」と言っていた。

だが思わずおれは、

「今もそんべ言えるべが」と言ってしまった。

「大輝が国防軍さ行ぐ。たぶんすぐに、おらも広大も駆りだされる。いづでも人殺しができるように訓練される。それでも『感謝』って言えるべが。それがおンばさんの、願ったごどが？」

「春生《はるお》、今その話はやめで」

真央がつよい調子で釘をさし、ふとだれか聞いていないか廊下のほうをうかがうようにしてから、

「まだ《また》こないだの、蒸し返す気が？」

前回来たときおれは、反対意見をねじふせて徴兵制を導入した栄民党に所属する、地元出身の衆議院議員を支持しつづけた母、そして父を、激しくなじったのだった。どう責任とるつもりなんだ、こんな取り返しがつかないことになっても、栄民党に票入れたやつらは、だれひとり責任とらねぇじゃねぇか、と。

母は顔をゆがめてうつむいていた。息子を戦地に近づけることになった広大は、どこかをにらむような顔で押し黙っている。広大も、戦後からほとんどずっと政権の座についていた栄民党を支持するのがあたりまえの田舎の慣例を疑わずにきたのだった。

真央はため息をついて椅子から立ち上がり、祖母のほうへ歩み寄りなが

ら、

「考えでみだらさ、おンばさんだって栄民党さ票入れでだんだべ？　田舎の声ば東京さ届げるには、それがいぢばん手っ取り早いって。そやってあだしだぢは、おンばさんどおとちゃんおかちゃんに、育でられできたんでねぇの？」

おれは一瞬言葉につまる。彼らの選択の果てに、これまでぬくぬく暮らしてきたおれがいると指摘されたようだった。

「そうだどしてもよ、徴兵制は回避でぎだべ。こうなるってずっと前がらわがってだんだがら。止められるチャンスは何回もあったのさ、なぁして止めながった？　そったらに東京のおこぼれがほしがったのが？」

「だがらさ、だれもこったふうになるなんて……」

真央はそこまで話しかけて、「あれ」とちいさく声を上げた。そして体をかがめて祖母の顔をのぞき込んだ。

「おンばさんの息《いき》の仕方《しがだ》が、さっきどちがうよ?」

おれたちは祖母のベッドのそばに集まった。真央の言うとおり、これまで見たことのない呼吸の仕方をしている。胸式呼吸ですらない、下顎が勝手にはね上がるような、喉だけで呼吸している状態になっていた。口は開いたままで、下の歯並びが見えている。

「アッ、ファー、アッ、ファー……」

息を吸うときに顎がはねるというリズミカルな動きのわりには、丸みのあるおだやかな呼吸音だった。

「先生呼んでくる」

真央が病室から駆けでていった。広大とおれは祖母に呼びかけた。

「おンばさぁん、おンばさぁんっ」

もはや引き止めるつもりもないのに、なぜか声をかけずにはいられなかった。真央が医師と看護師をつれてもどってきた。おれよりも若そうだが白髪の多い医師は、祖母の様子を見て「ああ」とちいさくうなずいた。

やがてほどなくして顎の動きが弱くなり、さらに弱々しくなり、呼吸とは呼べないほどゆっくりとなり――、ふと動きを止めた。医師は祖母のまぶたを開いて瞳孔に光をあて、手首の脈拍をたしかめながら腕時計を見やり、「十時四十分。ご臨終です」と言った。

真央が祖母の乱れた髪を直しながら、「がんばったね、おゝばさん」と言った。言ってから、顔を覆って声を立てずに泣いた。

完璧に走り抜いた祖母を、おれは凝視していた。どこに生と死の境目があるのかと。すると、開いていた祖母の口が、いきなりパクッとしまった。驚くおれたちに、医師は「筋肉の反応です」と説明した。その「反応」は、長距離ランナーがゴールを越えたあとも軽く走って呼吸を整えるように、間隔をおいてさらに二回つづいた。

「大輝どおらで頭《あだま》のほう持づべ。春生は足のほう。いいが？」

「わがった。しても、これごど入るんだど」

「わがんね。やるしかながべな、おとちゃん、きかなぐなってらおん《（強情になってるから）》」

広大とおれとで、葬儀屋の車からおろした祖母をストレッチャーごと家のなかに入れる相談をしていると、大輝が言った。

「大丈夫？　おばぁしゃん、落どしたりしない？」

建築会社で働く二十五歳の大輝は、がっしりした体つきの大人になった今でも、小さいころからの祖母の呼び方で「おばぁしゃん」と呼んでいた。

「わっつり《（思いっきり）》落どしたりしてな」

不謹慎な広大の冗談に、たまらずおれも笑ってしまう。

病院から通夜の会場となるセレモニーホールに搬送する途中で、祖母の遺体を家に帰らせると言いだしたのは、八十二になる父だった。祖母の臨終を伝えられ、広大の妻の佐千代さんが大輝ら三人の子どもたちと一緒に父を病院までつれてきた。脳梗塞による片麻痺で車椅子に乗った父は、自分の出番がきたとばかりに、早速その場を仕切りはじめた。祖母を家に立ち寄らせると言いだしたのも、祖母のためというよりは「こういう場合はこうしなければいけない」という父のなかの厳格なルールに基づいてのもののようだった。

「せーの、せっ」

広大と大輝とおれとでストレッチャーを持ち上げ、頭側を先頭にして玄関から家のなかに運んだ。祖母の体重にストレッチャーの重量も加わるから、結構な重さだ。

そのままキャスターが下につかないようにしながら廊下を横切って仏間に入り、よく考えればすでに祖母はそちら側の住人なのだが、祖母が仏壇に手を合わせる姿を想像しつつ浮かせたまま停止し、それから廊下の突きあたりの祖母の部屋まで移動する。しかし、あちこちに箪笥があったり物が積み置かれた家のなかでは、これはかなり無理があった。

「いぃやっ、なぁしてこごさ洗濯物干してんのよっ」

「アッ、あぶねっ」

「ちょっと待で待で、当だる」

「あぁ、倒れる」

バリバリッ、ガタンッ、ドサドサッ、バチンッ。動くたびに、大きな物音とおれたちの発する声が交錯する。ベッドと簞笥とテレビしかない祖母の部屋にはなんとか入ったものの、方向転換ができない。そこでもホバリングするように少しばかり停止して、「おンばさん、帰ってきたよ」と広大が祖母に声をかけた。祖母は軽く口を開けた寝顔のまま、蛍光灯の明かりをしらじらと反射して微動だにしない。

「……せば、いいが」

広大のつぶやきで、今度は足側のおれのほうを先頭にしてもどった。おれたちが来た進路には、はずれた障子戸が倒れ、不用品を入れた段ボール箱が崩れ落ち、ドライフラワーを入れた花瓶が転がり、干してあった洗濯物はハンガーからはずれて床に落ちていた。激しい突風が過ぎ去った直後のようだった。

後ろ向きになって進むおれには、この破壊の跡が、祖母が生きた歴史のささやかな存在証明に見えて、

「大輝、おンばさん、怒《おご》ってらえ」

「え?」

「おンばさんが怒ってら。『なんもつながってねがべせ』って」

「つながってないって、何が?」

ストレッチャーに横たわる祖母や、おれの父母。広大と佐千代さん。おれや真央。そうした家族みんなの、理由なんかない愛情にはぐくまれた童顔の大輝が、無邪気に聞き返してくる。

黒丸の眠り、祖父の手紙

ぼくの好きな俳優ロバート・デ・ニーロの初監督作品『ブロンクス物語』（一九九四年公開）に、こんな場面がある。

バスの運転手をしている父親（ロバート・デ・ニーロ）と息子がボクシングの試合観戦に行った。リングからだいぶ離れた二階席で観ていると、リングサイドにいた地元のマフィアの男がそれに気づき、息子に向かって手を上げた。男と息子には、利害抜きで親子のような心のつながりがあったのだ。すぐに男の子分が「リングサイドに席を用意した。降りて来いよ」とふたりに伝えに来て、息子は行きたそうにするけれど、父親はそれを丁重に断る。「せっかく誘ってくれたのに」と不満を示す息子に、父親は言うのだった。「ここはおれが買った席だ。嫌なら行け」と。

だいぶ前に観て、もうすっかり話の筋がうろおぼえになっても、その父親のことをふと思いだすことがあった。その場面は、ひさしぶりに観直したら、父親の意志に反してマフィアの男に惹かれている息子に対し、少ない稼ぎでも道を外さずカタギの仕事を続ける自分の姿勢を示した、というものだった。けれど、それがいつの間にか、少しずれたかたちでぼくの中に定着していたようだ。つまり、自分に与えられた人生を、他人と比べたりしないで納得して受け入れるということ。たとえ、それがどれほど乏しく冴えないものであっても。

朝は四時半に起きて六時すぎにアパートを出て、夜は八時半すぎに駅前で弁当を買って帰る。妻がまだ帰っていなければ外猫にご飯をだして、それから家猫の散歩をさせると、食べはじめるのは十時になることもある。寝るのは十二時。アルバイトのある月曜から木曜は、それがあたりまえになってしまった。

弁当の入った袋をぶらさげてのいつもの帰り道。もうずいぶん、新しい服を自分で買ってないなと、擦れきれてきたシャツの袖口を見て思う。そのシャツも、妻が誕生日のプレゼントとして買ってくれたものだった。いくらなんでもくたびれた下着を穿くのは気分が滅入るから、下着だけはようやく先日買った。「トルネード製法」でつくられたというパンツ。何がトルネード。股間からむやみに勇ましい気持ちになるけれど。

足元は土をぴったり覆い尽くしたアスファルト。両脇には人工建材でつくられた家やアパートがひしめいていて、川のせせらぎも木々のそよぎもまったくない。そんな夜の住宅街を歩いていると、全身の細胞が一斉に吐息をついたようなため息がもれてくる。おれはこんな暮らしを願ってたっけ。バイトを終えてから近くのドトールに寄って次に書くべき小説のことを考えようにも、メールを二通だしたら帰る時間になってしまった。世間の人々が現実だと思っているものの、その底にあるもうひとつのナマの現実を見せようとして小説を書く、そのおれ自身が現実そのものになっている。本も読めない小説も書けない小説書きなんて、一体なんの冗談だろう。暗澹とする。『ブロンクス物語』の父親を思いだすのは、たとえばそんな気分に陥ったときだった。

一階と二階に一部屋ずつしかないアパートで暮らしはじめて、もう十年以上になる。

その間に、隣りで暮らす大家さんの夫がいつの間にか亡くなり、しばらくするとこれもまたいつの間にか大家さんも亡くなっていたとのことで、突然、彼女の妹だというだいぶ歳の離れた人が新たな大家になった。猫好きだった先代とちがって猫にはとくに関心がないようだが、猫を飼うことと外猫の面倒をみることは受け入れてくれている。彼女に差し障りがないかぎりにおいて。

彼女が大家として越してきて、生活も落ち着いたように見えたころ、外猫に餌やりをしていることへの苦情が彼女のほうに入ったのだった。ついに来たか、と思った。周囲の住人が苦々しい思いをしていることはつねに感じていて、無分別に餌やりをして猫を増やしてはいないことを示す思いから、まだ去勢されていなかった一匹を捕獲して去勢手術をしてもらっていた。よくなついていた猫だったけど、キャリーバッグに入れようとした途端に大豹変、完全な野生動物となった猫は酸っぱい臭いのオシッコをまき散らしながら思いっきりぼくの両手に咬みついた。指にいくつも穴があいて血だらけになり、その血はどうにか捕獲できた猫の鼻の頭にもチョコンと付着していた。

そうした努力も糞尿被害の前では徒労に等しかったのだろう。地域に溶け込まなくてはならない大家さんは板挟み状態で、ぼくと、やはりほかの外猫たちの世話をしている一階の女性を呼んで解決策を相談した。餌やりをしないようにできないかと言う大家さんに一瞬頭に血がのぼったものの、猫のトイレをつくる、とにかく低姿勢で謝って話し合うという対応策をとることでひとまず納得してもらった。

苦情を言ってきたのは、アパートのある路地の端の、一戸建ての家に住む主婦だった。ゴミ出しのときなどにたまにすれちがうが、挨拶をしたことはない。周囲の住人からも苦情を聞いたうえで大家さんに連絡したらしく、餌やり禁止の署名を近隣住民から集める、場合によっては保健所に捕獲を依頼するか、訴えるとも言っていたという。

路地の住民に一斉に取り囲まれたような不安。もう猫たちをつれてどこかに引っ越すしかないのか、とまで妻と話したのだが、数年前まですぐ近くで長年餌やりをしていた女性がこの事態を階下の女性から聞いて心配し、野良猫の保護活動をしているNPOの男性を紹介してくれた。その男性が間に入って根気よく苦情代表者の主婦の話を聴き、保健所は捕獲作業はやらないこと、今いる野良猫はかつてだれかが捨てた猫の子孫だから人間に責任があること、人間の餌やりなしで鳥や鼠を捕えて生きのびることは無理であること、去勢を進めていけばいずれ猫は減ることなどを丁寧に説明してくれたおかげで、とりあえず、夜一回だけの餌やりと、終わったら餌はちゃんと片付けるという条件で許してもらえることになった。

幸いにも、苦情代表者の女性は、言いたいことは隠さず話すような単刀直入な性格で、話し合いが済んだあとは根に持たずにちゃんと挨拶をすれば返してくれるのだった。この一件でぼくは、猫とかかわることは酔狂のようでいて、じつは身のまわりの社会とかかわる入り口に立つことではないかと感じた。

それでも、糞尿被害自体が解決していない状況では、またいつ言われるかという不安はなくならない。妻が外猫たちにご飯をあげているとき、別の女性が「困ってることはわかってね」と言ってきた。また、猫たちは向かいの家の車の下がお気に入りなのだが、その家のおじさんに今度はぼくが「みんな迷惑してると思うよ」と言われた。

さらに、隣りに新しくできたアパートに住む男の姿を見かけると猫たちが一斉に逃げだすことを怪しんでいたら、あるとき、自分のアパートを通り過ぎてぼくのアパートの下まで来たその男が、猫たちを威嚇しようするのを目撃した。ぼくがすぐに足音立てて階段を降りていったら、男は何事もなかったふりをして歩きすぎ、立ち止まって時計を見るふりをし、かといってそのままいつまでも立ってるわけにいかなかったのだろう、ぼくが階段に座ってじっと見ているのにもそしらぬふりで戻ってきてアパートに入っていった。ボクサーみたいに猫背気味の男は、ぼくが猫たちの面倒をみている姿を何度か見ているから、なぜぼくがそこにいるのかわかっていただろう。もし彼が敵意剝きだしで突っかかってこようものなら、こじれ方によっては、乱闘開始のゴングが鳴ったかもしれない。

二階のぼくの部屋の玄関先で、とくになついている茶白と黒丸がご飯を食べている。玄関の明かりをつけると目立つから、暗くしたままだ。「茶白」という名は、ぼくと妻が仮にそう呼んでいたのがそのまま定着してしまった。「黒丸」は、階下の猫好き夫婦の妻のほう、老齢にさしかかった女性が名づけたものだ。ほかにほっそりした

「白丸」、口内炎のせいかいつもぼんやり顔の「ゴロ丸」(「丸」とつく名前はなんだかいい)、去勢してから急に性格が静かになってしまった「トラちゃん」がいて、その三匹は階下で面倒をみている。たまに、耳がたれて丸々太った、いかにもドラ猫といった風情の「ドラちゃん」がどこからかやってきてご飯をもらい、またどこかへ去っていく。

うちの家猫のクロスケは、なぜかドライフードを丸呑みして食べるのだが、茶白と黒丸はカリッ、カリリッと噛み砕く音を響かせて食べる。どうもほかの家でもご飯をもらっている様子だけれど、それでもしっかり食べる。彼らがアルミ皿に一心に顔をうずめる様子を見て、ようやくぼくは、幸福のかけらのようなひとときの安堵と充足を感じる。

人間は腹いっぱい食べているのに(それだけ動植物をごっそりかき集めているのに)、彼らに食べるなというのはおかしいだろうという思いは動かない。この世界はおれたちだけのものじゃないんだよ、と言いたい思いも変わらない。言わないけど。

ほんとうは茶白も黒丸も家に入れて、朝晩ご飯を食べさせて、クロスケと一緒に面倒をみてあげたい。だけど、生まれたばかりの目の開かないころに妻に拾われて、そのときからずっとひとりでかまわれてきたクロスケが混乱するのではないかと思うと、飼い主のエゴと知りつつも、今の狭い部屋にいるうちは同居させるのは無理だろうとあきらめている。

そのクロスケはさっきご飯を食べ終えて、暖房を入れた部屋で寝そべってくつろいでいる。そのドアを一枚隔てて、茶白と黒丸は寒空の下で日に一回に減らされたご飯を食べられるだけ食べようとしている。その境遇のちがいのことを、いつも考えざるをえない。

そばにしゃがんで発泡酒系缶ビールのプルタブを開ける。別の猫が新たに居ついて増えないように、食べ終わるまで見ていることも餌やりの条件とされていたから、部屋でゆっくり飲みたいところを玄関先で飲むようになった。

——これが自分に与えられた人生であるのなら、それでも最期には、「ごちそうさま」と言おう。

夜なのにはっきりと雲の輪郭がわかる、上京したてのころは気持ち悪かったけどもはや見慣れてしまった東京の夜空を見上げながら、またそんなことを考えている。言うしかないじゃないか。

だけど、そのせめてもの望みも、じつはかなり贅沢なのかもしれない。というのも、その「ごちそうさま」と言うときの状態をよくよく思い描いてみると、自宅か病院か草の上かわからないけれど、ちゃんと「死の床」についているという前提になっているからだ。ちょっと考えてみれば、そんな「死の床」で「ごちそうさま」などと思うゆとりも何も一切なく、無理矢理に生をもぎとられてしまった人々は無数にいる。六年前の東日本大震災。または突然死、不慮の事故、あるいは戦争。

思い浮かぶのは、太平洋戦争のさなか、まだ二十代という若さで硫黄島で死んだとされる母方の祖父のことだ。ぼくにとっては最初からいない人だったから、祖父について知り得ることといえば、仏間の鴨居にかけられた、絵のような写真のような黄ばんだ肖像画しかなかった。目尻の下がった顔つきは、ぼくと同い年の従兄弟に似ていた。彼は、祖母の娘四人のうちの、三女が産んだ子どもである（四人めの末娘は、祖父の死後に再婚してもうけた子ども）。祖父の遺骨や遺品は何もなく、どのような最期だったのかもわからない。そもそも、アメリカ軍に殲滅されかけている混乱状態で、はたしてほんとうに死者のひとりを祖父だと特定できたのか疑わしい。五体が散り散りになった死体の山と、祖父がいないことを引き比べて、大雑把に死んだことにしてしまったのではないのか。

海軍の整備士だったというその祖父からの、硫黄島に向かう直前と思われる手紙とハガキがつい最近見つかった。祖父の生まれた家からでてきたという。封筒の裏には祖父の字で「昭和十九年七月三十日」と日付が書かれていて、ハガキのほうには「十九　八」の消印が読みとれた。祖父の便りのことをぼくに伝えてきた母によれば、それによって祖父の命日が変わったのだという。

今年行なわれた祖母の七回忌の際、菩提寺の過去帳に祖父の命日の記載がずっと空欄になっていたことをなんとかしようと、祖父の死を祖母が伝えられた日を推定して、昭和十九年五月にきめたのだった。どうやって推定したのかといえば、三女がまだお腹の中にいたとき、祖父の死を伝えられた祖母は、これ以上ひとりで子どもを育てられないと、流産を願うように体を乱暴に酷使して働いたのだという。さいわいにも三女は無事に生まれたが（それゆえ顔つきが祖父に似ているぼくの従兄弟もこの世に存在できた）、一度でも流産を願った自分を悔いる祖母の言葉を、長女である母は聞いていた。三女が病気になったりケガをしたりするたびに、自分のせいだと責めていたらしい。

そのため、三女が生まれた十月三十日から逆算して（つまり、流産を考えたというなら産み月よりだいぶ前だったろうと考えて）、祖父が亡くなったのは五月くらいではないかと推定したのだけれど、そのすぐあとに手紙とハガキがでてきたのだった。手紙の封筒に記された「七月」、ハガキの消印の「八」を見て、祖父がまだ存命だったときを命日にしようとしていたことを母は知り、あわてて、十九年九月十七日に命日を変更した。硫黄島に行って少したったと思われる九月を死亡月と推定。なぜ日にちまできめたかといえば、生前の祖母が、祖父の死を知ったのは「十七日」だと言っていたことを母がおぼえていたためだ。ただし、もしほんとうに祖母が祖父の死を知らされたのがその日なら、伝えられるまで日数がかかっているはずだから、実際はもっと前に亡くなったということになる。それほどまでに、祖父の正確な死亡日は闇の中だった。
手紙は祖母にあてたものだった。十時間だけの休暇中に、戦友の弟宅で急いで書いたものらしい。便箋はその家でもらったものだろうか、三枚あるうちの最後の一枚だけ、ペラペラと薄い粗末な便箋に鉛筆で書かれていた。ほんとうは四枚あったようだが、内容のつながりを見ると、どうも二枚目の便箋はどこかに紛失してしまったようだ。

拝啓
暫く御無沙汰致しました。其の後家内皆達者でありますか。小生はこの暑さにも堪え益々元気で軍務に精励致し居ります。御安心下さい。
横空退隊後の事は父上宛の手紙に有り。現在は追浜隊に仮入隊中であります。

そうはじまる手紙は、祖母への愛情をつづったものかと少しソワソワしながら読んだが、ちがった。軍人の妻として正しき行為をなせ、業務上は十分な注意と誠意をもってあたれ、機械は大事に使用せよ、といった日々の心得や事務的な内容が中心だった。「業務」とは祖父がはじめた精米所の仕事のことで、「機械」とは、その仕事場の精米機などのことだろう。招集されてにわか兵士となった農家のせがれなのに、「戦正に激烈を増しつつある中に帝國海軍々人の一員として直接御奉公出来る日は来た。小生此の上も無い光栄と存ずる。共に喜んで呉れ」と書くあたりに、皇軍教育の結実がうかがえて、切ない。

　祖父の人柄や考え方がうかがえるのは、「感恩録」というものを遺したらしく、「そこに書かれてある人には礼をわきまへろ。子にも知らして十分なる礼儀と恩を報える様にせよ」と書いてあるところだ。他人から受けた恩を大切にする、誠実で実直な人だったらしい。また、仕事で使う者に対しての考え方は進歩的だったようだ。

> 若者使ふにしても然り。使用人より信用なき者は、お客より信用される訳は無し。少《ママ》にこだはりて、大なる失敗を生ずる事の無い様、又働き方に依ってはお盆正月には相当する手当をやるとか、今は使ふ方は頭を使ふ時代なり

そうした言葉がずっとつづいていて、手紙の末尾でさえも「その他総て機械は大事に使用せよ　敬具」としめくくられていた。

え……？　祖母が置かれた状況の大変さを気遣う言葉がひとつもなかった。欠けた二枚目には書いてあったのだろうかと思うけれど、一枚目の末尾の文章は「戦線へ出発に際し萬一に備え更めて一言注意を達し置く」とあるから、二枚目の内容も注意事項だったとしか思えない。

じいちゃん。そりゃないよ。正直、そう感じてしまった。夫を戦争にとられて、娘たちを食べさせるために慣れない精米所をひとりで切り盛りしなければならなかった祖母は、自分の不安に思いを寄せないこの手紙を読んで、どんなふうに思っただろうか？　そうだがんばらなきゃと果たして思えただろうか。そのときの気持ちを思うと、祖母がかわいそうになってしまった。……とはいえ、手紙を書いているときの祖父は、まさか七十年以上もあとに、孫がこうして自分の手紙を読んで一方的に文句を言うだなんて、かけらも想像していなかっただろう。

「検閲済」の朱印が押してある、「横須賀海軍航空隊気付」と書かれたハガキは、自分の父にあてたものだった。稲や浜の状況をたずねる言葉のあるこちらのほうが、軍隊生活の中で故郷の風景を思いだしているのだろう、素直な心情がにじみでている。

拝啓しばらくご無沙汰致しました
其の後父上様には御元気でありますか 小生は益々元気であります御安心下さい
あの後千代三郎音信ありませうかお伺い致します
又御地の稲作や浜の方の状況は如何でありますか　何れ又折をみて　敬具

「千代三郎」とは三男で、次男である祖父の弟だった。昭和十九年の八月という時期を考えれば、弟もすでに徴兵されていたはずで、戦地での消息が気になっていたのだろう。その千代三郎さんも戦死したという。

祖父の実家からは、祖父が作成した家系図も一緒に見つかっていた。自分で綴じたと思われる厚紙の表紙に、筆を使って「家系簿」と勇ましい筆致で大書してある。心のなかでカウントダウンがはじまっていたものか、ただの習慣か、ここにも現在時を刻印するように「昭和十九年二月二十五日」と日付が書かれていて、このときはまだ入隊前だったのかもしれない。綴じられた青線の入った原稿用紙はすぐに破けそうな紙質だった。物資が窮乏していたためとも思えるが、あるいは当時の品質の水準がそうだったのか。そこにはなぜか何の書き込みもなく、別にたたんで挟んであった長い和紙に、家系図は書かれていた。

わざわざ家系図を記そうと思い立った祖父の心を思う。これから死ぬかもしれない自分というものが、たしかにこの世に生まれて存在したのだと残しておきたかったのだろうか。五代前まで遡って書かれた家系図のはじめには、「一代　梅津孝右衛門」と書かれていた。その隣りには「妻　不明」と添えられている。二代目からは名字が今の「木村」に変わっているけれど、その経緯はわからない。

昨年、日常化された非日常ともいうべき戦時下の暮らしを描いたアニメ映画『この世界の片隅に』が大ヒットした。戦時下であっても工夫しながらふだんの暮らしを続ける女性を描いて、大きな共感を呼んだようだ。絵を描くのが好きな、人とちょっとずれた「ぼんやり」な性格の主人公の存在が、暗くなりがちな題材に明るさをもたらしている。また、綿密な時代考証に裏打ちされた当時の生活の細部を丁寧に積み重ねて、日々の暮らしを営む人々と空襲の距離感はまさにこんな感じだったろうと思わせて、とてもよくできた作品である。

けれども、色褪せた過去の歴史としておさまっていたはずの戦争がにわかに生気をおびて接近してきたように感じられる今、戦争をする者・起こした者に対してだれもはっきりと非難めいたことを言わない、ひたすら受け身的に物資の窮乏も空襲もやりすごす人々を描いたその作品にぼくは、手放しで絶賛することをどうにもためらってしまうのだった。というのも、戦争がまるで仕方のない自然災害であるかのように思えてきて、妙に落ちつかない気持ちになったから。

ただ、政治の場とは無縁な庶民、とくに終戦まで選挙権もなかった女性にとって、戦争を地震や津波や火山の噴火のようにどうにもならないものとして受けとめるしかなかったというなら、実際そういう面もあったのかもしれない。震災の年に病死した祖母が、かつての日本やアメリカに向けた怒りの言葉を、そういえばぼくは聞いたことがない。母も聞いたことがないという。生前祖母がよく笑いながら言っていたのは、祖父のもとへ嫁ぐことがきまる前に、仕事は何もやらなくていい、来てくれさえすればいいと祖父の家族から懇願されたということだ。それなのに祖父亡きあと、使い方のわからない精米機の操作を人から教えてもらいながら男まさりに仕事しなければならなかった。また、まだ乳飲み子の娘を背負いながら農家を一軒一軒回り、うちの精米所を使ってくれるようにお願いした、そのときにみんなが快く受け入れてくれたことへの感謝は、今でも忘れることはないということだった。

——あんどぎは、ほんとに、ありがでがったんで《（ありがたかったんだよ）》？

政治や仕事という表舞台には、ずっと男が立ってきただろう。しかし、彼らがしでかすことの尻拭いをするように支えてきたのが、祖母や母といった女たちだったといえないだろうか。「男と女」という単純な区分にはいろんな意味で留保が必要だとしても、また男たちがきめることに黙ってしたがい、夫の正しさを子どもたちに教えるのが女である妻の役割だというふうに思わされてきたのだとしても、何があっても生きものとしての暮らしを投げださなかった彼女たちがいたから、今のぼくらがこうして無事にいられるのだと考えてみる。

　ぼくがまだ小学生か中学生のころ、台所で洗い物をしていた母に聞いたことがある。「なぁして男《おどご》は、台所《だいどご》さ立だねぇの?」。当時は母も、婿養子の父が受けついだ精米所とは別に開いた米屋の店主として、軽自動車を運転し、十キロや十五キロ入れの米を肩にかついで配達していた。エレベーターのない団地の階段をのぼって三階まで配達することもよくあった。そうして働いていながら掃除・洗濯・料理と家事をこなす母の姿を見て、子どもながらにこれって公平なのかと思ったのだ。母はちいさく笑って、「なんも、男だって台所さ立ったっていいんだよ」とだけ答えた。それが役割だと受け入れつつも、女が置かれた立場のちがいは母も感じていたのだろう。父にその是正を要求することはなかったけれど、その一言が、ぼくの中に今でも残っている。

　ぼくが震災前——大震災と原発事故が翌年起こるなんてまったく想像もしなかったころに書いた小説「幸福な水夫」は、半身不随の父とその息子たちが旅にでるという、男ばかりの話だった。その冒頭にしかでてこない彼らの家族、妻の鶴子や祖母フエにもまた、表舞台ではないところで生活の土台をになってきた背景があるだろう。実際の祖母のことは震災後に「突風」で少し書いたとはいえ、ぼくはまだ、彼女たちのことをちゃんと描けていない。

それにしても、震災前と震災後では、ぼくの書き方はガラリと変わってしまった。

食べ終えた黒丸は、冬越えのために玄関前に設置した猫小屋の上で、横にのびてぐっすり眠りこけている。

名前のとおりの黒猫で、まだ子猫のときに、たまにグズグズ鼻をつまらせて大家さんの車の下にいることがあった。目ヤニをつけていかにも病弱そうな様子に、長くは生きられないと思えた。警戒して車の下からでてこない。それでも抗生物質を入れた猫用のミルクをだせば飲んだ。その後しばらく姿を見なかったのだが、大きくなって現れたときには、はちきれんばかりにまん丸に太っていた。ぼくが帰ると、からだが重そうにヨタヨタ歩いて迎えに来る姿がかわいいとはいえ、内臓肥大といった何かの問題があるのではないかと心配にもなる。子どものころの飢えの記憶が、食べられるときに食べなければという強迫となって、こんなに太ってしまったのかもしれない。

ぼくが下の道路にいるときは、なでてくれと腹ばいになる。背中をゴシゴシなでられてうれしくなるとコロンと仰向けになるのだが、喉を見せて仰向いたときの口元の地肌が茶色くて、まるでちいさな熊の子を相手にしているようである。

顔を近づけても起きない。ぽんとふくらんだお腹をなで、先っぽがくるりと巻いた尻尾をさすっても起きない。暗がりなのに左の前足で目の上を覆って、なんとしても眠りたいというふうである。

茶白はといえば、まだ、ちがう皿のご飯を食べている。一度食べて満足しただろうと思えても、ほかの皿の味もたしかめたいらしい。だからなかなか片付けられない。茶白のそういう癖も、やはり食べられなかったときの記憶がそうさせるのだろう。かしこくて、目がクリッとして、平和主義の茶白はいちばんうちになついている。ぼくが今後ずっと面倒をみる覚悟とひきかえに捕獲して去勢させた猫だから、もうただの外猫ではない。なにせ、血の契りをかわしたのだから。

黒丸をはじめ猫たちは、夏と冬で入れかわる体毛で覆われているけれど、靴も履かず、ほとんど無防備だなと思う。どこかの隙間を見つけてねぐらにするとしても、家を建てることはなく、食べ物を備蓄することもない。自分が環境を変えるのではなく、自分のほうで合わせて生きているから、大きく環境が変わって食べ物の確保がどうにもならなくなれば、人知れず死んでいくだろう。その場合でも最後の最後まで生きようとするだろうけれど、猫たち、そしてほかの動物たちの、「すべては環境のままに」とでもいうような、潔い身のさらしぶりに驚かざるをえない。

すごいな、お前たちは。黒丸の毛をなでると、ほかの猫たちよりも短くて、少し固い。思えばその毛は、ちゃんと自前で暖がとれるように生えているのだ。ではなぜ、ぼくら人間は毛をなくしてしまったんだろう。動物の皮とか植物の繊維とか、体を覆うものをほかの生き物から調達したり、火を燃やしたりエアコンを入れたりしないと暖をとれない体になってしまったんだろう。体を覆えるほどの毛をなくしたこと、それ自体が、ぼくらの種が抱えた業なのか。

体毛があっただろうはるか古代の祖先から、体毛をほとんどなくした祖先へ。そこからさらに果てしない時間をへて、祖父の家系図にあった「梅津孝右衛門」さんにいたる。その孝右衛門さんからさらに少し下って、祖父の辯治郎《べんじろう》さんが生まれた。

又御地の稲作や浜の方の状況は如何でありますか　何れ又折をみて

祖父の最後の便りとなったハガキ。その末尾の文面を思いだし、ふいにぼくは、ああ、そうかと思った。「何れ又折をみて」という言葉が書かれていた。

祖母にあてたあの手紙は、ハガキよりも前に書かれていた。ということは、おそらく手紙を書いているときにも、あらためてまた書こうと思っていたのだろう。もしかすると、生きて故郷にもどれるという望みもどこかにあったのかもしれない。だから、とりあえずずっと気になっていた、自分の留守中に祖母に頼みたいこまごまを走り書きした。今は自分のことだけ伝えるのに精一杯だけれど、状況が落ちついたら、祖母の様子をたずねようと思っていた。……ちがうかな、じいちゃん？

そう考えれば、あの事務的な内容の手紙は、ひとりの若者の人生が巨大な力によってブツリと切断されたことをそのまま示すものではないだろうか。巨大な力――戦争という殺人行為を認可した、国を動かす人々とそれにしたがった人々の力によって。

ちいさく喉を震わせていた黒丸がプフッと鼻息をもらした。鼻づまりのまま大きくなってしまったようだった。お腹にあてた手の温かさが悪くないのか、目を覆った左の前足の指をニュッと開いている。

なんのために生まれて生きているのか、究極の目的なんて未来永劫わからない意味不明な生を負っているのは、猫も人間も同じである。ただし決定的にちがうのは、意味があるとかないとか、猫にはその問い自体が存在しないだろうことだ。黒丸に「お前はそれについてどう思う?」と聞いたとしても、ただひと言、言葉ではなくその存在自体で、「おれはおれ」とだけ答えるだろう。「おれ」という自覚もないかもしれない。ともかく、自分がここにいることになんの引け目もないし、理由づけも必要ないし、〝いる〟こと、それこそがすべてである――と、ぼくは黒丸の返事を受けとる。

そうだよ黒丸。お前はただお前であるだけで、ほんとうはおれらが言葉で区別するような「猫」でもないし「黒猫」でも「外猫」でもない、「動物」と呼ばれるものでもない。〝言葉以前の世界〟にお前がお前としてそこにいる、それがすべてだよ。

おれら人間だって根本の姿はそういうもののはずだし、どんな出自でも、どんな境遇下で暮らしていても、だれもがみんな意味が不明のブラックホールのうえできわどい綱渡りをしながら生きてるっていう点で、まったく一緒なんだ。だけど、国籍だの人種だの宗教だの、そういうちがいをわざわざ際立たせて、敵をつくって反目させて殺し合いまでさせようとする輩がいるんだよ。「国民」だの「臣民」だのって後付けみたいな人工の枠組みに縛りつけて、「おれはおれ」って言うことを許さないやつらだよ。

そういうやつらのそそのかしを疑うこともできないまま、おれのじいちゃんは「国を守る」なんて聞こえのいい建前でだれかを殺すために出征して、いつ死んだのか家族のだれもわからないような、遺体の一部も遺品のかけらひとつさえも回収されないような死に方をさせられたんだ。勝手に家を飛びだして野たれ死にしたわけじゃない。れっきとした「日本国民」として「誉れ高く」出征したのにだよ。戦争はだから、自然災害なんかじゃゼッタイないんだよ。仕方ないものなんかでもない。だろ？ 自分に与えられた人生を、それがどんなものでも「ごちそうさま」と言って受け入れるつもりだとしても、どこかの他人に好き勝手されるのまで許したわけじゃないんだ。それとこれとは、話が全然ちがうよな。

黒丸の耳を手のひらで包むようにすると、耳は先っぽまですっかりあったかくなっていた。言葉はかわせなくても、このぬくもりだけで、お互いに何かを通わせている。

寝ろ、黒丸。声にださずにそう思う。

ここにいれば大丈夫。あの男はここまでは来ないよ。おれにマークされてることがわかったみたいだから。これからおれらは、どんなにそれを望まなくてもまたぞろ巨大な力に押し流されてしまうのかもしれないけど、そうすると結局は、すべてのしわ寄せが無防備でちいさなお前たちにいってしまうのかもしれないけど――

今は、今だけは、ぐっすり安心しておやすみ。

初出

「幸福な水夫」　「すばる」（集英社）二〇一〇年二月号

「突風」　「GRANTA JAPAN with 早稲田文学02」（早稲田文学会／早川書房）二〇一五年

＊本書収録にあたり、右記の掲載原稿を加筆・修正しました。

「黒丸の眠り、祖父の手紙」　書き下ろし

八戸ブックセンター開設1周年記念ギャラリー企画

「紙から本ができるまで展
木村友祐×佐藤亜沙美×三菱製紙八戸工場」

二〇一七年一二月一三日（水）～二〇一八年三月一一日（日）

本書は、右記イベントの連動企画として刊行しました。

《本書に使用している以下の用紙は三菱製紙（株）製です》

カバー：金菱（ロー引き加工）
帯：ダイヤプレミアグロスアート
表紙：フレアソフト
見返し：DXトレーシングペーパーN
別丁：DXトレーシングペーパーN
本文：p1～128　書籍用紙
p129～160　三菱嵩高書籍用紙
p161～192　アルドーレ

木村友祐（きむらゆうすけ）

一九七〇年生まれ、青森県八戸市出身。八戸を舞台にした『海猫ツリーハウス』（集英社、二〇一〇年）でデビュー。ほかの著書に『聖地Cs』（新潮社、二〇一四年）、『イサの氾濫』（未來社、二〇一六年）、『野良ビトたちの燃え上がる肖像』（新潮社、二〇一六年）がある。二〇一三年、フェスティバル／トーキョー13で初演された演劇プロジェクト「東京ヘテロトピア」（PortBの高山明氏構成・演出）に参加、東京のアジア系住民の物語を執筆（現在もアプリとなって継続中）。詩人・比較文学者の管啓次郎氏の呼びかけで二〇一四年よりはじまった「鉄犬ヘテロトピア文学賞」の選考委員もつとめる。

幸福な水夫

二〇一七年一二月一五日　初版第一刷発行

定価　本体一八〇〇円＋税

著者　木村友祐

発行者　西谷能英

発行所　株式会社未來社
〒一一二‐〇〇〇二
東京都文京区小石川三‐七‐二
振替〇〇一七〇‐三‐八七三八五
電話〇三‐三八一四‐五五二一
http://www.miraisha.co.jp/
e-mail:info@miraisha.co.jp

印刷　萩原印刷

製本　常川製本

ISBN978-4-624-60121-8 C0093

JASRAC 出 1713464-701

イサの氾濫　木村友祐 著

東京での生活に行き詰まりを感じていた将司は、近ごろ頻繁に夢に出てくるようになった叔父の勇雄（イサ）について調べるため、地元八戸にむかった。どこにも居場所のなかった「荒くれ者」イサの孤独と悔しさに自身を重ね、さらに震災後の東北の悔しさをも身に乗り移らせた彼は、ついにイサとなって怒りを爆発させるのだった。（一八〇〇円）

東北おんば訳 石川啄木のうた　新井高子 編著

ほっこり、どっかり、声の力。震災をきっかけに、三陸海岸、大船渡のおんばたちの力を借りて、啄木短歌を土地言葉訳して、１００首！　立ち上がる、かつてない啄木像。おんばの朗読が聴ける、ＱＲコード付き！（一八〇〇円）

東日本大震災以後の海辺を歩く　原田勇男 著

〔みちのくからの声〕仙台在住の詩人が、３・11以後の被災地を歩き、見て、現場の声に耳を傾け、大震災のいまだ癒えぬ傷跡と向き合う言葉を模索する。書き下ろし「女川原発をめぐって」なども収録。（二〇〇〇円）